KB021920

다시 태어나도
사랑할 당신

뱅크북

이 책을 세상에서 가장 소중한 인연,

_____님께 드립니다.

−백치인연

1.
그대와 내가 하나가 됨은
나와 함께 웃지만
나를 비웃지는 않아야 합니다.

나와 함께 울 수는 있지만
나 때문에 울지는 말아야 합니다.

백치인연으로 만나
하나가 된다는 것은
인생을 사랑하고
자신을 사랑하고
사랑받는다는 사실을 사랑하는 것을
의미하기 때문입니다.

2.
그대와 내가
우리라는 하나의 가지로
이어지기 위해서는

먼저 선택된 동반관계임을
인정해야 합니다.

빈틈이 보이고
불완전함을 보일지라도
그 사람의 결점까지도
주저 없이 사랑하고 덮어주는 것,
그러므로 아름다운 것

지금 그대와 내가 함께해야할
진정한 백치사랑의 길입니다.

3.
그대와 난 서로에게
단 하나의 우산이어야 합니다.

자신의 약점을 보일 정도로
서로의 존재를 신뢰하고
마주보고 있는 그 사람이

자신을 이용하지 않는다는 사실을
확신해야 합니다.
그러기 위해선
함께 폭풍우를 헤치며 걸어가는
우산속의 그 사람을
이용하지도 않고
당연시하지도 않아야 합니다.

4.
백치인연이 하나의 사랑으로
결실을 맺기 위해서는
비난을 받을지라도 두려움 없이
비밀의 문을 열고
먼저 자신의 모든 것을
보여줘야 합니다.

그것은 그대로 인해
나의 마지막 남은 자존심마저
상처 입을지라도
지금 난 그대를 원하고 있고,

함께 있고 싶고,
그대의 일부분이 되고 싶다는
간절한 몸부림,
무슨 일이 일어나더라도
죽는 날까지
그대를 저버리지 않겠다는
약속입니다.

5.
우리라는 존재는
영원으로 이어지는
신비스럽고도 역동적인
목적에 대한 수단이 아닌
그저 그 자체가 목적인
하나의 질긴 끈

그 멀고 험난한 여정을
함께 경험하면서
무한한 가치를 발견하고

사랑의 경이로움을
온몸으로 느껴야 합니다.

타인으로부터 비판당하거나
혹은 사랑으로부터
거부당하거나 버림받을까 하는
두려움 없이
가장 깊은 동경, 희망, 두려움을
나타낼 수 있는 존재들

이제 내 인생의 바다에
'그대'라는 작은 섬 하나를
찍어 놓아야 합니다.

6.
영원한 것,
진실한 것,
절대적인 것 등에 대해
너무 깊이 생각하거나

기대하지 말아야 합니다.
그저 관계 속에서
최선을 다하고
두 사람이 함께
성장함을 느껴야합니다.

모르던 타인이
하나의 인연으로
이어졌다는 것은
단지 기쁨, 슬픔, 고통, 희망, 그리움,
외로움 따위를 주고받는
것뿐만이 아니라
그 이상이 되어가고 있다는 것을
의미하기 때문입니다.

차 례

차 례

다시 태어나도 내가 사랑할 당신

전 지금 너무 힘이 듭니다,
하루하루를 견딤으로 보내고 있습니다.
그래서 내가 먼저 지쳐 그녀를 잊을까,
그녀를 미워하게 될까봐 너무 두렵습니다.
도와주세요.
제가 지치지 않고 견딜 수 있게...

사랑의 계산 방법은 독특하다. 절반과 절반이 합쳐 하나가 되는 것이 아니라 오직 두 개가 모여 완전한 하나를 만들기 때문이다. -조코데르트-

때늦은 후회

이젠 그만 아물 때도 됐는데
서로를 위해 단념한 그 맘,
무뎌질 때도 됐는데
하루하루 견딤으로 보내는 나!

뭔 추억이 그리도 많은지
잊으며 살아가는 시간 속에
불현듯 연상되는 기억의 조각들...

내가 더 많이 주었다는 착각에
받지 못해 억울하단 생각까지 했었는데
그런 나의 못난 사랑이 널 떠나보냈던 건데.

그대 내게 준 가장 큰사랑은
나의 모두를 받아준 그 마음이었네
그 마음을 잊을 수 없어,
내 사랑 아물질 않네!

사랑하는 그녀와의 아슬아슬한 외줄타기

지금 전 살얼음을 걷는 기분입니다.
두 번 다시는 빠져 나올 수 없는 깊은 늪에 빠질 것처럼 내 사랑하는 그녀와 아슬아슬 외줄타기를 하고 있습니다.
도와주세요, 그리고 정말 알고 싶습니다.
어떻게 하면 그 옛날처럼 그녀가 저만 생각하고 사랑하게 할 수 있는지요.

그녀는 보기만 해도 가슴이 저미는 그런 여인입니다.
우리는 저 멀리 타국인 캐나다에서 만났습니다. 운명적인 만남이라고나 할까요?
저희 둘은 여건상 일을 하면서 서로의 사랑을 키워나갔습니다.
그 당시 전 경제적으로 무척 어려운 처지인지라 그녀가 저의 모든 것을 대신해주었습니다. 먹을 것, 입을 것, 책값, 심지어는 방세까지 두요.

그래서 전 이 여자라면 내 한 몸을 모두 바쳐서 희생할 수 있을 거라고 생각했었습니다. 사실이지 그녀는 저에게 사랑 이상의 존재였으니까요.

 그리고 시간이 흘러 저희 둘은 한국에 돌아오게 되었는데... 전 여전히 경제적으로 집안 여건상 궁핍한 생활을 해야만 했습니다. 게다가 집도 서로 멀리 떨어져 있어서 자주 만날 수 없는 상황이었죠.

한번은 이런 일이 있었습니다. 지금도 그때 일을 생각하면 너무도 가슴이 미어집니다.

그녀가 절 만나기 위해 전주서 안양까지 왔었는데, 반가워서 제 손을 잡으며 행복해하던 그녀의 모습 속에서 손을 본 순간 눈물이 나더라 구요.

글쎄 제가 기념일 날 없는 돈 때문에 길거리에서 사주었던 싸구려 그 반지를 그녀가 무슨 소중한 보물인양 손가락에 아직까지 끼고 있는 거예요.

그녈 위해 해줄 수 있는 게 아무것도 없는 제가 그렇게 한심스러울 수가 없는 거예요.

그깟 반지하나 비싼 거 하나 사주지 못하니 말이에요.

그래서 결심했죠. 미국에 가자! 열심히 돈 벌어서 반지도 사주고, 자주도 만나고, 그녀가 원하는 것은 무엇이든지 원 없이 해주리라! 하고 말이에요.

그런데 거기서부터 일이 꼬이기 시작한 것 같아요.

미국에 있으면서 잠자는 시간 빼고는 거의 일을 했거든요. 하지만 제 몸은 힘들고 지쳐서 쓰러지는 한이 있어도 그녀에게 전화하는 건 잊지 않았어요.

잠자는 시간이 부족할지언정 한국 시간에 맞추려고 일부러 2~3시간을 덜 자면서까지 그녀에게 전화를 했죠!

그런데 제 느낌인지 모르겠지만 그녀는 항상 졸린지, 그다지 반갑지 않은 듯 전화를 받는 거예요. 너무 속상하더라구요.

내가 왜 여기까지 와서 이 고생해야 하는데...
이렇게 힘든 삶 속에서도 내가 무엇으로 인해 존재의 의미를 찾는데...

사실이지, 힘든 이국생활 속에서 그녀의 따뜻한 음성과 손길이, 아니 위로가 절실히 그리웠거든요.

반복되는 그녀의 무성의에 하나둘 그렇게 그녀에게 불만들이 쌓여가면서 그녀의 나태함과 우유부단함, 무성의들이 절 조금씩 미치게 만들었습니다.

처음으로 말다툼에 싸움까지 하게 되고 안되겠다 싶기도 하고, 더 이상 이대로는 안 되겠다는 생각에 전 그쪽의 생활을 정리하고 그냥 한국에 돌아오게 되었답니다.

좋지 않은 기억들과 그녀에 대한 실망과 허무만을 가지고요...

그런데 문제는 한국에 들어와서도 그녀의 태도와 반응에 변함이 없다는 것이에요. 여전히 게으르고 수동적이며 저에 대한 절실함이 부족해져만 가는 거예요

그러다 결국은 헤어지게 되었죠.

더 이상 주기만 하는 사랑!

해바라기처럼 한쪽만 쳐다봐야만 하는 사랑을 더 이상 하고 싶지가 않아서요.

아니 제 스스로가 지쳤다는 표현이 맞을 겁
니다.
근데 웃긴 게 뭔지 아세요? 막상 헤어지고
나면 홀가분할 꺼라 생각했었는데 그게 그렇
지가 않더라고요.
또 나 자신이 그녀에게 많이 해주었다고 생
각했는데 헤어지고 나서 곰곰이 생각해보니
그녀에게 윽박지르고 욕하기나 했지 실제로
그녀에게 해준 것이 하나도 없는 거예요.
뭐가 그리 내가 대단한 사람이라고 그녀를
아프게 했는지...
너무도 제 자신이 밉고, 미안해서 한동안 전
술로 시간을 죽여가고 있었죠!
수많은 반성의 편지와 전화를 해도 무반응!
전화도 받지 않고, 그 흔한 마지막 답장조차
그녀는 제게 보내질 않는 거예요
그래서 내가 그리도 싫어진 그녀도 그만 잊
고 이제까지의 내 자신도 정리하려고 그동안
일해서 번 돈으로 여행을 떠났습니다.
제 현실과 제 자신이 너무도 싫어서 어디론
가 떠나고 싶었거든요.

결과적으로는 그녀를 잊기 위한 이별여행이 된 거죠!.

그리고 시간을 좀 가지고 또 정리가 된다면 다시 한 번 내게 주어진 삶을 새롭게 시작하자, 마음을 추리려 그렇게 여행을 떠난 것인데. 여행하는 동안 계속해서 그녀만 생각나더라고요.

제 머릿속에서 한시도 그녀를 떠오르지 않게 할 수가 없는 거예요. 그래서 용기 내어 그녀에게 전화했어요.

자신이 알지 못하는 번호가 떠서 그런지 전화를 받더군요. 의외의 반응으로 반갑게 맞아주더군요.

너무 기분이 좋았습니다. 날아갈 것 같았습니다. 설마! 다시 시작할 수 있지 않을까? 하는 헛된 기대가 점점 커지며, 하늘이 다시 내게 주신 마지막 기회가 아닐까 하는 착각에 여행에서 돌아와서 그녀에게 전화를 계속하고 있어요.

첨에도 이야기했듯 지금 전 살얼음을 걷는 기분입니다.

혹 실수라도 해서 발을 잘못 디디면, 두 번
다시는 빠져 나올 수 없는 깊은 늪에 빠질
것처럼 아슬아슬 외줄 타기를 하는 심정입니
다.
제가 어떻게 해야 하나요? 어떻게 하면 그녀
와 다시 좋아질 수가 있을까요?
정말 알고 싶습니다. 꼭 알려 주시고, 도와주
세요.
전 또다시 그녀를 잃을 수 없습니다.

힘드시더라도 사랑한다는 미명아래 상대를 조각하
기 보다는 상대를 먼저 배려해야 마음을 갖는 것
이 중요하지 않을까 싶네요.
나와 네가 다름을 인정하고, 이해할 때 '우리'라는
또 하나의 나를 만들어 갈 수 있으니까요^^

-러브 바이러스

난 아직도 그댈

이젠 날 사랑하지 않는다 합니다.
순간 하늘이 무너졌지요
어떻게 그런 말을 대놓고 할 수 있을까요
기가 막혔지요
하지만 난 보았습니다.
그 말을 하는 그대 떨리는 표정 속
미련이 남아 있음을...

죄책감이 들었습니다.
언제든 손을 내밀면 얻을 수 있는
그런 당신, 사랑이라 생각했으니까요
현실이란 핑계 속에
당신을 너무도 외로이 둔 것 같습니다.

미안합니다.
그동안 그댈 힘들게 해서요
하지만 날 사랑하지 않는다는 거짓말은
믿을 수 없습니다.

난 아직도 그댈 많이 사랑하고,
그댄 나와 헤어지자 말하진 않으니까요.

물론 헤어지자 해도
그럴 순 없지마는요.

남자의 사랑은 그 생활의 일부이지만 여자의 사랑은 그 전부이다. -바
이런-

사랑의 이율배반

미안합니다.
제 생각과는 다르게 자꾸
당신을 구속하게 되니 말이에요
저의 이런 행동과 언행이
당신을 많이 힘들게 한다는 걸
저도 잘 알고,
저 또한 그런 제게 고통 받고 있습니다.

저도 제가 왜 그래야만 하는지
잘 모르겠어요!
여지껏 저 살아오면서
이런 감정,
이런 느낌 처음이거든요
어찌해야 할지 잘 모르겠습니다.

그냥 당신이 무슨 생각하시는지
어떻게 살아오셨는지
나 없는 시간에 무얼 하시는지
그 모든 게 궁금할 뿐입니다

이러면 안 되는지 알면서도
하나부터 열까지 모두,
당신에 대해 알고 싶습니다.
그것뿐입니다.

사랑의 계산 방법은 독특하다. 절반과 절반이 합쳐 하나가 되는 것이
아니라 오직 두 개가 모여 완전한 하나를 만들기 때문이다. -조 코데
르트-

저 어떡해요?

알고 보니... 그 남자 휴... 그냥 제가 기다리는 동안... 새로운 여자가 생겼다고 하네요...
휴! 전화도 일부러 받지 않는 거예요...
저에게 이제는 더 이상 연락도 하지 말라고 그러네요...
그동안 함께 했던 모든 기억이, 함께 보냈던 시간들이 망각의 약을 먹어버린 듯 멍해져 시커먼 칠흑 속에 홀로 남겨진 듯합니다.
쓰레기통에 버려진, 더 이상은 쓸모없게 된 휴지조각들처럼 초라하고 비참해지기까지 합니다.
순간! 확 끊어 버리고 싶었지만... 정말! 마지막으로, 다시 한 번 기회를 달라고... 아니면, 나중에라도 한번만 보자고, 한번만 만나달라고 그랬는데.... 그 남자의 반응은 냉대뿐!
그렇게, 그 사람과의 모든 것이 끝났네요.
함께 했던 둘만의 시간만큼, 제 인생의 흐름 속에 시커먼 큰 암흑의 텅빈 공간이 생겨버렸습니다.

어찌해야 할지... 연락이라도 받아주면 좋으련만.... 그것도 여의치가 않고, 난감할 뿐입니다. 저보고 너무나 멀리 왔다고 그러네요.

저에 대한 감정이요... 두 사람이 다투며 헤어지길 바라며 기다리고 있기도 그렇고, 저의 무엇이 그렇게까지 그 사람을 힘들게 한 것일까요?

저 어떡해요? 어떻게 그 사람 다시 돌아오게 할 수 있을까요?

대충 짐작은 했었지만, 막상 그 사람의 입을 통해 이별의 통보를 듣고 나니 저 무지하게 멍하고, 혼란스럽습니다.

그리고 그 남자가 말하길 저는 너무 남자를 모른 데요...

아마 잘되면 지금의 그 여자 분과 결혼할 듯하네요. 그 남자는 원래 결혼 빨리 하고 싶어 했거든요.

제발 도와주세요! 어찌하면 그 사람 제게 다시 돌아올까요?

혹 그 사람에게 당당한 모습, 성숙한 모습으로 나타나면 다시 제게로 돌아와 줄까요?
왜 전 이리도 좋게 말하면 순진하고 나쁘게 말하면 멍청할 까요!
ㅠㅠ 아무튼 막막합니다.

진정한 의미의 사랑은 있는 그대로의 상대를 사랑하는 것 아닐까요?
내가 비록 부족하고 조금은 촌스럽다고 하더라도 너무 가깝지도, 그렇다고 너무 멀지도 않은 함께 하기에 편안하고 좋은 그런 느낌들이요.
행여 그 사람이 원하는 모습의 당당한 모습!
성숙한 모습으로 자신을 변화시키려 하지 마세요.
그 남자분이 님을 떠난 진짜 이유는 아마 그것 때문이 아닐 겁니다.

그냥 편히 인연이 아니었다고 생각하세요. 그게 더 현명한 판단이라 생각합니다.
지나간 버스에 손 흔들고 소리쳐 본들 님 마음만 아프고 상처받습니다.
차라리 다시 올 버스를 기다리는 것이 더 현명하지 않을까요?

-러브 바이러스 올림

진정한 사랑은 상대방이 잘 되길 바라는 것이다. 낭만적 사랑은 단지 상대방이 있기만을 바라는 것이다. -마가렛 앤더슨-

좋은 사람 있음 소개 시켜줘!

이런 사람 어디 없나요?
애틋한 눈빛으로 날 지켜봐 줄 수 있는 사람

하루의 일상에 지치고 돌아와
내뱉는 날숨에조차 찌듦이 묻어나올 때
포근한 눈길로 날 설레게 할 그런 사람

이런 사람 어디 없나요?
촉촉한 음성으로 내 맘 보듬어 줄 수 있는 사람

삭막한 삶의 전장 속 좌절하고 깨져
끝없는 나락 속으로 숨고만 싶어질 때
다정한 말 한마디로 날 위로해줄 그런 사람

이런 사람 어디 없나요?
따뜻한 손길로 날 어루만져 줄 수 있는 사람

더하고 덜함이 없는, 다 같이 힘든 시간 속
자신보단 상대를 먼저 배려하는 마음으로

나의 안부를 걱정해주는 그런 사람

이런 사람 어디 없나요?
순수한 가슴으로 있는 그대로의 날
사랑해줄 사람

살아온 날보단
아직 살아가야 할 날이 더 많기에
두렵고 막막한 내게 빛을 주는,
힘이 되는 그런 사람

그런 사람이 바로
당신 앞에 서있는 나였으면 합니다.

이런 부탁

오늘은 내가 무척 힘든데,
내게 와 줄 수 있겠니?
만약, 너가 내게 온다면?
정말 좋겠어.

여지껏 내 너에게,
이런 부탁은 하지 않았는데
만약, 너가 내게 온다면?
정말 좋겠어.

이렇게 사랑을 전제로 내 너에게
이런 부탁 한다고는
절대 생각지는 마라.

너 외로울 때 내가 필요하듯
내게도,
사랑하는 너가 필요할 뿐야.

제가 자신감 가질 수 있게

전 이성과 대화하고 상대하는데 있어 몹시
서툰 남자입니다.
한 달 전에는 제 짧은 인생에 있어 처음으로
좋아하게 된 여자 친구에게 고백을 했었습니
다.
하지만 제게 돌아온 대답은, 저에게 친구이상
의 감정이 없다면서 그냥 친구로 지내자는
것입니다.
한마디로 차인 거죠! ㅠㅠ
게다가 차인 뒤부터는 왠지 여자 대하기가
더 힘든 거예요.

한번은 크리스마스이브에 친구 소개로 소개
팅을 가졌는데 차인 충격 때문인지 파트너
대하기가 너무 힘들었어요.
막 떨리고 말도 더듬게 되고, 시선을 어디 두
어야 할지... 그래서 잘 먹지도 못하는 술을
진탕 먹었죠!

결국 주량을 한참이나 넘겨서 필름이 끊겼습니다.

파트너가 된 여자 분에게는 정말 못할 짓을 한거죠...ㅜㅜ

그 뒤에도 이성을 대하기가 너무 어렵습니다. 별거 아닌 말들도 잘못하게 되고, 또 관심을 가지게 되면 또 차일까봐 끙끙대고 있습니다. 지금은 거의 말을 못할 수준으로 변했습니다..

지금 크리스마스이브 때 만난 파트너 분하고 연락은 자주하고 있지만 제가 말을 잘못 하고 있어 이성으로써의 발전이 잘 안 되고 있습니다.

문자 같은 거는 그런 대로 잘 보내는데 말입니다.

제가 자신감 가질 수 있게 솔직히 소개팅에서 만난 여자 분이 마음에 좀 있거든요. 어떻게 하면 그분과 잘될 수 있는지 도와주세요. 어떻게 하면 좋을까요? 어떻게 하면 제 이런 성격을 고칠 수 있을까요?

전 지금 정말 심각합니다! ㅜㅜ

남성과 여성은 외형적으로 뿐만 아니라 감성적으로나, 생각하는 방법, 느끼는 정도든 많은 것이 실제로도 정말 많이 다릅니다.

그걸 님께서는 먼저 공부하는 것이 좋겠습니다.

대부분의 첫사랑이 열정과 의욕만 앞설 뿐 기술적으로나 방법적으로 아무런 준비를 하지 않았기에 실패하는 것처럼 준비되지 못한 열정과 의욕은 잘못하면 객기로 보일 수 있으니까요^^

-러브 바이러스-

전혀 사랑하는 않는 것보다는 사랑을 하고 실연을 당하는 것이 더 낫다. -알프레드 테니슨-

선택

시간이 아주 많이 지나면
혹시 용서가 될까요?

가슴속 깊이 묻어두고 살면
행여 잊어는 질까요?

외면하려 두 눈을 질끈 감아도
미소 띤 그대의 모습은 지워지질 않는데...

한쪽이 없인 살 수 없는 우리를
주위에선 인정하려하질 않는데.......

열심히 살며 용서를 구하면
정말 인정해 주실 날이 오긴 할까요?

독한 맘먹고 잊으려 노력하면
진정 그대사랑 지워질까요?

솔직히 너무 욕심나는 사람입니다

답답한 마음에 몇 자 적어봅니다.

소개팅으로 한 남자를 만나 알게 되었습니다.

첨 만나서도 편안한 느낌과 유머 있는 말솜씨가 너무 좋았습니다..

마음에 쏙 들었던 거지요. 그래서 저의 이런 마음을 그 사람에게도 솔직히 말했습니다.

저의 착각이었는지 몰라도 그 사람도 저를 그다지 싫어하는 것 같지는 않았습니다.

하지만 저에 대한 그 사람의 확실한 답변은 듣지 못한 체, 그렇게 몇 번을 만났습니다.

어느 날은 술을 마시다가 우연히 저에 대한 그 사람의 감정에 대해 이야기를 하게 되었습니다.

그 사람 말이 저 때문에 고민하고 있다고 하네요?

자기는 다른 어떤 것들은 다 그냥 넘어갈 수가 있는데, 딱 하나!! 외모는 본다는 것입니다. 솔직히 저는 외모에 자신이 없거든요.

그런데 이상한 것은 그런 말을 한 후에도 또 그 사람 몇 번 만났습니다.

자기가 바라는 외모의 기준에 제가 안 되는데 왜 만나자고 하는지를 모른 체 그냥 만났습니다.

만나서 밥도 먹고, 술도 마시고 또 이런저런 이야기 끝에 외모만 본다는 이야기를 하고...

어떤 날인가 하루는 통화를 하던 도중에 제 외모에 대한 얘기가 또 나왔습니다.

그 날만큼은 확실히 교제에 대해 결정하자는 그 사람의 말!

"정말 자기는 외모 하나만은 꼭 보는데, 그 하나가 안 된다. 만약 너 같으면 어떻게 하겠느냐?"

오히려 제게 물어 보는 거예요? 그래서 제가 딱 한 가지만 물어보자고 했습니다.

"그 하나가 안 되는데, 왜 자꾸 나를 만나냐구요?."

그랬더니 그 사람 말이 제가 상처 받을까봐 그랬답니다.

또 하나의 이유는 요즘 일이 많아서 저에 대한 고민을 잠시 보류하는 거래요?
나원 참! 어이가 없고 기가 막혀서...
하지만 그 사람이요? 솔직히 너무 욕심나는 사람입니다! 욕심이라는 표현이 조금 그런가요? 그 사람이 바라는 딱 한 가지 기준에 제가 안 되니까,
그 사람을 만나고 싶다는 제 바람이 저만의 욕심이라는 생각이 듭니다.
제가 먼저 이 욕심을 버리고 그 사람을 놓아야 할까요? 아니면 그 사람이 더 생각해보고 결정을 내릴 때까지 기다리고 있어야 할까요?
지금 무척 혼란스럽습니다. 현명한 조언 부탁드려요 ㅠㅠ

그 남자 분께서 자신은 외모만을 따진다고 말한 것은 여성을 판단하고 선택하는데 있어서의 막연

한 판단기준일 뿐이지, 그것이 절대적인 어떠한 분명한 기준이 있어서 그랬던 것은 아니라고 생각합니다.

이 세상에는 사람을 판단하고, 선택하는데 있어 확실하고 영원불변한 기준은 있을 수 없습니다.

시간의 흐름에 따라 변하게 되어 있구요.

그러기에 그 남자분이 여자를 선택하는데 있어서의 기준 또한 시간의 흐름에 변하리라 생각되어집니다.

그러니 지금은 시간을 두시고 그냥 편안한 만남을 갖는 것이 좋을 듯 싶네여.

성급함은 오히려 상대에게 부담과 불편함을 느끼게 할 뿐이니까요^^

-러브 바이러스 올림-

연애란 그 두 사람이 일체가 되는 것이며,한 남자와 한 여자가 한 천사가 되어 융합하는 것이다. 그것은 천국이다. -위고-

그대 그거 몰랐었죠?

그대 그렇게 빈말이라도 제발
죽고 싶다는 말만은 하지 마세요
얼마나 오랜 기다림 끝에 만난
나의 그대인데
날 위해서라도 힘들겠지만
다시 한 번 힘을 내세요.

그대 그거 몰랐었죠?
그대를 알 기전 나에게 세상이란
견디기 힘든 의무로만 주어졌었죠.
그러던 내가 누구 땜에 이렇게
세상을 아름답게,
소중하게 느끼게 되었는데요.

재미 삼아 본 궁합

저는 올해 나이가 좀 들어찬 스물아홉입니다.
결혼을 전제로 사귄 오빠하고는 지금 2년째
접어들고요.
부모님들의 상견례는 아직 하지 않았지만 오
빠와 저나 양가부모님께 인사는 다 드린 상
태입니다.
그런데 문제는 궁합입니다!
그냥 재미 삼아 본 궁합이 이렇게 발목을 잡
을 줄 꿈에도 몰랐습니다.
오빠하고 저하고 궁합이 아주 안 좋다고 합
니다. 그래도 다른 곳에서는 괜찮다고 하는데
가 나오겠지 싶어, 틈틈이 가본 곳만 해도 벌
써 7군데나 됩니다.
역시나 다 모두 안 좋다고 하는군요.(ㅜㅜ)
이미 엎어진 물을 주워 담을 수 없는 것처럼
안 좋다는 말을 들으니 재미 삼아 본 궁합이
그렇게 후회될 수가 없었습니다.
마음도 불안하고 두렵기까지 합니다. 왜 그런
것 있잖아요?

"괜찮다! 괜찮다! 요즘 누가 궁합에 신경 써?
미신이니 걱정하지 말자!"
하며 스스로를 위안도 해보고, 애써 외면도
해보지만 그러다가도 꼭 한번은
"과연 괜찮을까?" 의심이 되는 거요.
나름대로는 무진장 고민하구 맘 고생두 무척
했습니다.
자다가도 불현듯 그 생각이 나면 잠도 못 자
겠더라구요.
너무 고민돼서 몇 번 헤어질까도 생각하고,
시도도 해봤는데 잘 안되더군요.
물론 오빠도 궁합내용은 알고 있습니다.
저와 둘이서 같이 보러 갔거든요. 길을 가다
가도 점보는 집만 보아도, 그거 왜 절 마크
그려져 있는 집들 있잖아요?
옆을 지날 때 다리가 후둘 거리고 애써 외면
하고 싶을 정도입니다.
크리스마스이브 때에는 오빠하고 카페에서
차를 마시고 있었는데 설문 조사할게 있다고
도와달라던 두 사람이 저희 둘의 얼굴을 빤
히 쳐다보더니만 한다는 말이 얼굴만 봐도

저희 둘의 궁합이 안 좋다면서 '시운치성'이
라나? 뭐라나?
아무튼 돈 2백만 원을 투자해서 제사를 지내
고 치성 드리면 좋지 않은 궁합도 비켜 갈수
있다고 하더군요.
물론 터무니없는 말이라는 것은 알고 있었지
만 그동안 마음고생이며 스트레스가 얼마나
절절했으면 돈 2백만 원에 좋아진다면, 그래
서 제 마음이 편해질 수 있다면 해보고 싶다
는 생각까지 드는 거예요!
제 마음이, 제 현재상태가 이 정도입니다.
정말이지 궁합이 그렇게 중요한 것일까요?
말씀해 주세요. 너무너무 고민스럽습니다.
사랑해서 헤어질 자신은 없고, 궁합 때문에
겁은 나고, 정말 속이 답답해서 죽겠습니다.
도와주십시오.(-.-)

궁합은 서로의 인연을 어떻게 다스릴 것이냐에 대

한 방향을 알려주는, 지침이 되는 참고자료일 뿐
이지, 님과 오빠와의 인연을 판가름하는 기준이
되는 것은 절대 아닙니다.
그러기에 문제는 님과 오빠께서 결혼을 생각하는
마음가짐과 그에 따른 현실적인 노력, 상대를 위
한 배려가 더 중요한 문제가 되는 것이지요.
이제부터라도 불길한 생각들은 모두 지워버리시고
모두 잘될 것이라는 긍정적인 생각으로 두 분의
사랑을 아름답게 만들어 나갔으면 합니다.
걱정은 또 다른 걱정을 불러오고, 긍정적인 사고
는 긍정적인 결과를 낳는다는 것을 명심하시길^^

-러브 바이러스-

사려 분별 있는 사랑을 하려는 따위의 남자는 사랑에 대해서 손톱만치
도 알지 못한다는 증거이다. -콩타스타시오-

둥지

따뜻한 커피 한잔이 그리워지는 시간입니다.
감미로운 음악은 나를 감싸고
내게 올 당신을 오늘도 기다립니다.

나는 당신에게 있어 둥지라 생각합니다.
포근한 온기로 당신을 맞이할 수 있는
지친 깃을 쉴 수 있는 당신의 둥지입니다

가끔은 한번쯤 부동의 내가 미워집니다.
시간의 흐름이 피로로 느껴지고
하염없는 내 마음이 미련 맞아 미워집니다.

그러면 새로운 하늘을 맞이할까도
생각합니다.
무엇이든 자신있다 오만도 부려보는,
거짓의 내가 오히려 더 초라합니다.

그 언젠가 당신이 내게 말을 했었죠.
이 바닷가는 언제나 혼자와도

나로 인해 혼자가 아니라구요.

그래요! 이 세상 모두가 쉽게
사랑을 하더라도
기다리는 인내로 삶을 기다리는
미련스런 둥지가 될까 합니다.

사랑하지 말아야 되겠다고 하지만 뜻대로 안 된 것과 같이 영원히 사
랑하려고 해도 뜻대로 되지 않는다. - J.라브뤼이엘

그녀에게 전하고픈 말

돌아선 그녀의 마음을 되돌려보려고 이런 저런 노력들도 해보았지만 더 이상 그녀에게 있어 남녀로써의 관계는 이젠 결국 끝인 것 같습니다.
저로 인해 그녀가 너무 힘들다고 하네요?!
그래서 그냥 편한 오빠로 남겠다고 했습니다.
그렇게라도 그녀 곁에 있고 싶은 것이 제 마지막 욕심이니까요.
가슴속에서는 슬픔의 응어리가 점점 커져만 가고, 입에서는 사랑한다는 말이 불쑥 불쑥 튀어 나오는 것을 간신히 억누른 체, 최대한 그녀가 편해질 수 있도록 그냥 편한 오빠로 최대한 부담 없이 그녀에게 전화도 하고 메일도 써주고 그랬습니다.
그때서야 그녀도 웃기 시작하더군요.
가슴속에서는 피눈물이 흘렀지만 전 전화를 하면서도 광대처럼 그녀에게 웃음을 줄려고 노력했고, 그녀가 하고 싶은 데로 하게 했으며 그녀가 잔다고 그냥 전화를 끊어도 싫은 소리 한번 안 했습니다.

그래야 그녀가 편하니까요. 더는 저로 인해 부담을 갖게 하고 싶지 않았으니까요.

하지만 그래도 저의 이율배반적인 생각인지는 모르나 아주 조금은 약간의 기대를 가지고 있었습니다.

"이렇게 편하게 생활하다보면 언젠가는 다시 돌아올 수도 있겠지!" 하는

마지막 희망의 끈을 놓지 않고 있으니까요.

그렇게라도 곁에 있고 싶을 만큼 그녀를 사랑했고, 사랑하고 있습니다.

그래서 전 그렇게 그녀에게 전화를 할 때마다 눈물이 납니다.

두 눈에서 눈물을 흘릴 수는 없지만, 얼마나 가슴 아픈지!

갈수록 그녀는 정말 저를 그냥 편한 오빠로 생각해가고 있는데...

전 그런 그녀의 목소리, 그런 그녀의 태도에도 그냥 희망이라고 생각하며 견디고만 있습니다.

전 그녀가 회사에서 집으로 돌아갈 때쯤이면 그녀의 그냥 편한 오빠로 또 전화를 할 것입니다. 그래서 하루의 지친 몸을 조금이나마 제가 달래 줄 것입니다.

그녀와 통화를 할 땐 농담도 잘 합니다.

"선배 안보고 싶으냐? 그래도 우리 조금은 좋아했지..? 왜 그랬을까? 못생긴 널. . ㅋㅋ"

그러고 나면 그녀는 피식하고 웃어 버리죠..

전 그렇게 말하고 나면 너무 가슴이 아픕니다. 하지만 그녀가 웃을 수 있도록, 저는 그냥 울고 있을 겁니다. 흐르는 눈물은 그냥 흐르게 막지 않을 겁니다.

그녀가 그렇게 웃을 수만 있다면 저는 얼마든지 울 수 있으니까요

하지만 단 한 가지 두려운 게 있습니다.

전 너무 힘이 듭니다, 하루하루를 견딤으로 보내고 있습니다.

그래서 내가 먼저 지쳐 그녀를 잊을까,

그녀를 미워하게 될까봐 너무 두렵습니다.

도와주세요.

제가 지치지 않고 견딜 수 있게...

-그녀에게 전하고픈 말-

내게 다시 돌아와 달라는 말은 지금 하지 않
을게, 넌 지금이 좋을 테니까!
자유가 좋아서 수많은 것들 중에 나를 포기
했던 건 탁월한 선택이야!
잘했어 정말!
회사에서 힘든 일, 지치고 외로운 일, 이제
나는 들을 수 없지만 넌 가슴에 담아두지 말
고 확 풀어 버려야 한다? 그래야 덜 힘들거
든! 예전엔 나 너로 인해 많이 좋았는데...
그래도 니가 지금이 더 좋다니 어쩔 수 없고!
우리 ○○가 좋아하는 거 내가 들어 줘야지!
우리 좋은 선후배가 다시 될 수 있겠지?
그러면 나도 너의 자유 속에 한쪽이나마 머
무를 수 있잖아!
그러다 그 자유라는 것이 널 힘들게 하면, 널
외롭게 하면?

그땐 그냥 이 오빠 한번 생각해 줄래?

언제나 그냥 그림자처럼 니 옆에 있을 테니까.

예전에 남자로써의 나라는 존재자체를 포기했던 거 잠시 보류해두었으면 좋겠다.

너를 너무 오래 기다리다, 내가 지쳐 버릴까 두렵긴 하지만 언제나 니 곁에 그림자처럼 너의 주위를 맴돌며 너의 외로움까지도 함께 하는 그런 믿음으로 있을게...

사랑한다는 말이 이렇게 부담이 될 수 있다는 걸 너로 인해 새삼 깨달았지만 어떡하겠니?

사랑한다는 말밖에는 다른 말이 없는걸...

사랑은 절대 소유가 아닙니다.

상대가 쉴 수 있는, 언제든 찾아와 쉴 수 있는 그런 따뜻한 엄마 품과 같은 둥지여야 합니다.

님의 마음가짐이 어떠하냐에 따라 여자 분에게 있어 님은 쉬고 싶은 둥지도 될 수 있고, 피하고 싶은 귀찮음도 될 수 있을 것입니다.

지금처럼 조금 힘들어도 심호흡 한번 하시고 한 발짝 뒤로 물러서서, 여유를 가지고 그녀를 대한다면 사물전체를 볼 수 있듯 그녀의 깊은 고뇌와 행복, 말 못할 아픔까지도 사랑하고 포용할 수 있는 여유가 생기게 될 것입니다^^

-러브 바이러스-

사랑하는 사람에게 언제나 갚아야 할 빚이 있다고 느끼는 사람이야말로 진정한 애인이다. -속맨-

때늦은 후회

이젠 그만 아물 때도 됐는데
서로를 위해 단념한 그 맘,
무뎌질 때도 됐는데
하루하루 견딤으로 보내는 나!

뭔 추억이 그리도 많은지
잊으며 살아가는 시간 속에
불현듯 연상되는 기억의 조각들...

내가 더 많이 주었다는 착각에
받지 못해 억울하단 생각까지 했었는데
그런 나의 못난 사랑이
널 떠나보냈던 건데...

그대 내게 준 가장 큰사랑은
나의 모두를 받아준 그 마음이었네
그 마음을 잊을 수 없어,
내 사랑 아물질 않네!

서로 너무 사랑하고 있었기 때문에

쉽게 용기가 나질 않았습니다.

사람들의 생각을 듣는 것조차도 부담이 되곤 했었으니까요. 그런데 이제는 너무 힘들어서 고민을 남겨봅니다.

그와 안지는 벌써 2년 되어갑니다. 정식으로 사귀게 된지는 1년8개월 정도 됐고요.

저는 현재 대학원 석사과정에 있고요. 사귀는 남자친구는 어느 00대학교 교수입니다.

제 나이는 26살이고요. 남자친구 나이가 45살입니다.

나이차이가 좀 많이 나죠? 처음 알게 된 것은 제가 대학교 다닐 때 저희과 교수님의 연구를 제가 도와드리다가 같이 연구에 참여하신 교수님과(지금의 남자친구) 친해지게 되어 교수와 제자가 아닌 그 이상의 관계로 발전하게 되었습니다.

남자친구는 딸 하나를 둔 이혼남입니다. 딸은 이혼한 부인이 키우고 있고요.

저희 둘의 관계는 친한 언니 한명 빼고는 아무도 알고 있지 않은 상태입니다.

남자친구가 저희 둘의 관계를 다른 이들이 아는 것에 대해 일종의 자격지심인지 많이 기분 나빠하거든요.

그 친한 언니 한 명이 우리사이를 아는 것에 대해서도 많이 안 좋아하더군요.

처음 만났을 때에는 그 사람이 그냥 좋았습니다.

그래서 그 사람의 이혼한 상황이나, 교수라는 직책, 많은 나이차이등, 그 어떤 것도 저에게는 사실 아무런 장애도 되지 않았습니다.

물론 남자친구 입장에서는 약간의 죄책감이나 자격지심 등이 있었겠지만 그때는 서로 너무 사랑하고 있었기 때문에 함께 있는 동안에는 둘 이외의 아무런 생각도 하질 못했습니다.

심지어는 그 사람을 만나면서 자연스레 결혼 생각도 하지 않았으니까요.

남자친구가 결혼에 대해 부정적이기도 했고, 저도 결혼을 굳이 해야 하는 것이라고 생각하지 않았기에 그냥 혼자 살겠다고 마음을 먹게 되었던 것이죠.

그래서 서로 만나는데 있어서도 그냥 연인일 뿐 결혼을 전제로 하는 만남, 교제 같은 것은 아니었습니다.

그런데 얼마 전부터 조금씩 관계가 힘들어지기 시작했습니다.

지금은 서로 힘들어하고 있다는 걸 너무도 잘 알고 있는 상태이고요. 헤어져야 하는 것인가 심각하게 고민하고 있습니다.

저는 그 사람을 생각만하고 있어도 눈물이 흐르고 너무 속상해요.

남자친구도 이제는 저를 대하는 게 부담스러운지 달라진 거 같아요. 전 남친이 힘들어 할까봐 너무 조심스러워서 힘든 것도 말하지 못하는데...

그렇다고 다른 누구에게 하소연하지도 못하고 혼자 끙끙 앓고 있습니다.

제가 말은 하지 않더라도 남친은 뭔가 느끼고 있는 거 같은데, 어떻게 해야 할지 모르겠어요.

사실 뭐가 문제인지도 모르겠습니다.
그냥 가만히 있어도 힘이 드네요.
어딘가에, 누군가에게 하소연하고 싶은 마음
에 이렇게 문을 두드립니다.

문제는 외면한다고 해결되는 것이 절대 아닙니다.
맞서 싸우는 것도 님의 사랑을 위해 쟁취해야할
사랑의 몫이니까요! 노력과 희생 없이 얻을 수 있
는 것은 아무것도 없습니다.
사랑은 더하고요.
애써 외면했던 문제들을 지금이라도 차근차근 사
랑하는 남자분과 함께 호흡하며, 현명하게 해결해
나가신다면 통속적이고, 상투적인 사람들의 사랑
에 대한 통념의 벽을 두 분이 충분히 넘으시리라
생각합니다.
두 분 사이의 나이 차이는 숫자에 불과할 뿐이라
는 거... 잘 아시죠?^^
　　　　　　　　　　　-러브 바이러스-

언제쯤이면 잠이라도 편히 잘 수 있을까요

1.
며칠 전 우연히 님의 시집을 보게 됐습니다.
저는 저만 이렇게 가슴 아픈 줄 알았습니다.
근데 세상에는 참 가슴 아픈 사연들이 많은
것 같습니다. 저도 사랑으로 인해서 요즘 많
이 맘이 아프고 힘들거든요.
근데 그 사랑이 세상 사람들이 말하는 불륜
인가 봅니다.
육체가 아닌 맘이 움직인 사랑이라 이별이
이렇게 더 많이 힘든 거 같습니다.
우린 일년 전에 같은 회사에 다니면서 나이
도 같고 일적으로도 관련이 있어서 안면은
있는 상태에서 회사에서 마주치면 웃는 얼굴
로 인사하고 농담정도하고 지내는 그런 사이
였죠.
그러다가 우연히 전화번호를 주고받게 됐고
일적으로 필요할 땐 전화도하면서 지냈죠.
그러다가 친구를 하게 됐습니다.

메시지도 주고받고 가끔은 제가 퇴근하면서 놀리기도 하고요.

그렇게 지내다가 이제 제가 친구는 재미없어서 그만하고 싶다고 했습니다.

그랬더니 대뜸 친구 안할 거면 애인하자더군요.

그래서 저도 한술 떠서 좋다고 언제 찐하게 키스 해줄 거냐고 했죠.

그렇게 해서 우리의 관계는 시작됐습니다.

그 사람이 일적으로 많이 힘들어하던 시기였습니다. 저도 집에서 많이 힘들었구요.

그렇게 몇 차례 만나고 나서 그 사람이 제게 고백을 하더군요.

여태껏 사랑이라는 걸 해본 적이 없다고...

처음엔 믿지 않았습니다.

그 사람의 나이가 있으니까요. 이십대도 아니고 내년이면 사십인데 속으로만요.

근데 그 사람이 정말로 절 좋아한다는 건 느껴지더군요.

서로 만나면 맘이 너무 편하고 때론 친구처럼 때론 연인처럼 너무 행복했습니다.

두 달쯤 지나서 제가 맘이 점점 그 사람에게 가는 걸 느끼면서 헤어질 때 힘들었습니다. 그때쯤엔 신랑에게도 조금은 죄책감이 들기도 했구요. 그래서 제가 이쯤에서 헤어지는 게 좋겠다고 멜을 썼습니다.

몇 시간쯤 지나서일까요. 그 사람에게서 내게 문자가 왔더군요.

난 멜을 봤을 거라고는 생각을 못했기에 답장은 안 보냈습니다.

한 시간쯤 지나서 모르는 번호로 전화가 왔더군요. 제가 핸드폰으로 하면 안 받을 것 같아서 집전화로 한거라고 하더군요.

그러면서 만나서 얘기하자고 아니면 술이나 잔뜩 마시고 잘까? 하더군요.

그렇게 우리의 첫 번째 이별은 다시없던 걸로 됐습니다.

그렇게 아무 일없이 행복한 날이 지나고 세 달쯤 지나서 그 사람이 제게 멜로 이별을 선고했습니다.

그게 올봄 사월의 마지막 주였습니다. 난 절대로 안 된다고 못 헤어지겠다고 했습니다.

그 사람이 헤어지자고 한 이유가 자기 땜에 내가 너무 힘들어 해서였거든요.

우린 한 달쯤 뒤부터 다시 만났구 아무 문제 없는 것처럼 보였습니다.

그런데 세 달도 채 지나기 전에 이번엔 내가 부담스럽다고 자기가 넘 힘들어서 이제 현실로 돌아가지 않으면 안 될 것 같다고. 헤어지자고 하더군요.

사실 이번엔 어느 정도 그 사람이 헤어지자고 할 거라는 걸 알고 있었던 것도 같습니다.

그리고 나 땜에 그 사람이 힘들어하는 건 저도 싫거든요.

그래서 헤어져 줄 거라고 많이많이 노력할거라고 말했습니다.

근데 생각은 그런데 맘이 너무 아프고 힘이 듭니다.

제가 헤어지려고하는 이유 중엔 내가 그 사람 곁에 있어서 일들이 꼬이는 건 아닌지 하는 그런 이유도 있습니다.

옛말에 여자가 재수 없으면 되는 일도 없다는 말이 날 힘들게 하고 있었거든요.

난 그 사람과 만나면서 아무것도 바란 게 없습니다.

제 곁에 언제나 머물러주기만을 바랬죠. 일주일에 한번 만나서 얼굴만 봐도 난 괜찮았습니다. 어차피 우린 서로의 사정을 다 알면서 시작한 관계니까요.

우린 서로의 가정이 따로 있습니다.

그런 점에서 난 참 나쁜 사람입니다.

그럼에도 그 사람을 사랑하게 된 건 제 운명이라고 받아들였거든요.

그런데 그 사람은 이제 제가 부담스럽다네요.

제 생각은 보내줘야 하는 것도 너무 잘 알고 그렇게 돼야 한다는 것도 너무 잘 아는데 맘이 왜 이렇게 아프고 힘이 드는 걸까요.

그렇다고 어디 가서 터놓고 얘기할 상대도 없구요.

벌써 십일이 지났는데 아직도 잠을 제대로 자지 못합니다.

난 어떻게 해야 맘이 덜 아프고 아무 일 없듯이 잘 지낼 수 있을까요?

2.

어제 멜을 띄웠던 사람입니다.

딱히 어디다 얘기할 상대도 없고 해서 이렇게 또다시 글을 쓰고 있습니다.

그 사람은 이제 제가 다니는 회사에서 나가서 다른 곳에 다니고 있습니다.

그런데 거기서도 일이 잘 안 되서 이 번 달까지만 하고 그만둔다고 합니다.

아마 지금 다니는 회사에서 일만 잘 풀렸다면 어쩌면 우린 아직도 아무 일 없이 잘 지내고 있을지도 모릅니다.

사실 제가 그 사람에게 그렇게 맘을 줘 버린 건 신랑에게도 하지 못하는 집안일이나 제가 힘든 일들을 그 사람에게 다 털어놓으면서 맘도 차츰 기울어진 거 같아요.

그 시절에 전 집에 들어가는 게 싫어서 늘 주변을 맴돌았던 거 같습니다. 지금도 별로 좋아지진 않았지만 그땐 더 심했거든요.

헤어지고 3일쯤 후에 제가 친구자격으로 와 달라고 올 때까지 기다릴 거라고 그렇게 해서 불러냈습니다.

하지만 제 속마음은 그 사람을 보고 싶어서
였을 겁니다. 회사에서의 일도 있었지만 더
큰 이유는 보고 싶어서 불러냈던 거 같아요.
그렇지만 솔직히 내가 그 사람이었다면 나오
지 않을 수도 있었을 겁니다.
근데 그 사람은 나와 줬어요.
아마도 그 사람도 제가 보고 싶은 맘이 아주
조금은 있었던 거 같기도 하구요.
그 자리에서 제가 그랬습니다. 처음부터 다
알고 시작한건데 왜 이제 와서 내가 부담스
럽냐구요. 그랬더니 그러더군요. 사람은, 사랑
은 변하는 거라구요.
솔직히 그 사람이 이제 절 더 이상 사랑하지
않는다고 했으면 지금보단 제가 덜 힘들지도
모릅니다.
근데 그게 아니거든요. 그 사람도 절 아주 많
이 사랑한다고 했습니다.
제가 자기의 처음이자 마지막으로 사랑한 여
자라고 그렇게 말했거든요. 더 오래가면 자기
가 가정을 박살 낼 거라고 지나가는 말처럼
그러더군요.

요즘... 하루에도 몇 번씩 맘을 다잡고 있지만
생각처럼 잘 되지 않습니다.
언제쯤이면 잠이라도 편히 잘 수 있을까요.
너무 맘이 아프고 힘이 듭니다.
이렇게 의지가 약한 제 자신이 너무 바보 같
기만 합니다.

-가시리님

산다는 게 다 내 뜻대로 된다면 얼마나 좋을까여.
하지만 현실은 답답하게도 내 삶이 내 맘대로 안
된다는 겁니다.
이 모든 것들이 다 살아가는 과정이 아닐까 생각
합니다. 끝없이, 끝없이 새롭고 짜릿한 유혹을 느
끼구, 싸우구 다치구 상처받구 갈등하구 후회하
구... 하는 게...
원래 몰래한 사랑은 너무 빨리, 걷잡을 수 없을 정
도로 활활 타오르지만 그만큼 꺼지기도 쉬운 법이
랍니다. 하지만 늘 곁에 있는 사랑은 가끔 무료하
고 밋밋하게 느껴지기도 하지만 천천히 어렵게 타
오르는 대신 그 불꽃이 오래가고 불씨도 크게 남
는 법이지요.

쉽게 결정하시지 마시고 모쪼록 잘 판단하시구 님
만 그런 처지에 놓였다구 생각하지는 마세여.
다만 더 상처받고 못이길 거면 현실을 받아 들이
세여. 이제 모든 거 님 하기 나름이 아닐까 싶네
여?

사랑하고 사랑받는다는 것은 태양을 양쪽에서 쪼이는 것과 같다. -비
스코트

오래된 사랑

남들 눈에 더 없이 행복한 모습
그것에 부흥하듯 다정해 하는 우리
어디서부터였을까?
보여 지는 모습들에 자존심을 표현하고
관계의 심각함에 무뎌진 게......

이 세상의 모두는 나로 인해 존재하는데
스스로를 속이며 보내온 시간들
무엇이 너와 날 이렇듯
가슴 아픈 현실 속에 몰아넣은 것일까?
물음을 던질수록 슬퍼지는 내 맘

알아! 넌 그 헛된 모습으로라도
우릴 지키고 싶었다는 걸
또 그럴 수밖에 없었다는 걸
바쁨이란 핑계 속에
날 이해하려 했었다는 걸
그래서 아직도 날 기다리고 있었다는 걸...

친구 같은 연인

저는 원래 성격이 좀 내성적인 편이었는데
활발하고 낙천적인 남친 덕분에 많이 밝아져
서 주위에서 행복해 보여 좋아 보인다고 합
니다.

남친은 저와의 교제가 여자를 처음 사겨 보
는 것이라서 연애를 어떻게 하는 건지 잘 모
르는 사람이었습니다.

그래도 사소한 말다툼은 했었지만 그런 대로
여태껏 잘 지내왔었죠!

사귄지 200일쯤 되었을 때 한번은 사소한 말
다툼중 남자친구가 욱하는 성질에 제게 헤어
지자고 했었어요.

그때에는 그래도 바로 자기가 잘못했다고 하
고 다시 만났습니다. 그러고 나서는 저에게
남친이 정말 너무너무 잘해줬고, 저희 둘에겐
그 어느 때보다도 행복한 시간이었습니다.

그런데 그 후 1년이란 시간이 흐르면서 작은
말싸움이 크게 벌어지는 사태가 종종 생겼습
니다.

제 남친은 전형적인 B형 성격으로 무조건 자신에게 안 맞으면 화를 냈고, 처음에는 잘 참아주던 저도 더는 잘 참지 못하고 같이 화를 내게 되었습니다.

사실 천천히 논리적으로 상황을 따져보면, 결국 대부분이 남자친구의 잘못이 많거든요!

제 추측에는 요즘 여러 가지 상황들로 많이 고민되고 스트레스 받는데다가, 저로 인해 자존심을 많이 상하고, 갑갑했나봅니다.

이번엔 오래 생각해봤다고. 자신은 저에게 어울리는 짝이 아닌 것 같다며 또 헤어지자고 했습니다. 이번엔 제가 그를 잡았습니다.

그동안 저는 헤어질 생각을 한 번도 해본 적이 없었고, 이별까지 생각할 만큼 심각하게 받아들이지 않았거든요! 사소한 의견차이이며, 그냥 사랑싸움정도로만 생각했었습니다.

하지만 남친은 이번엔 이별을 정말 심각하게 생각하는 것 같았습니다.

왜냐하면 갈수록 설렘이 없어지고 서로가 너무도 익숙해져 가는 것이 사랑이 아니라고 생각하는 것 같았습니다.

물론 그건, 잘못된 어린 생각이잖아요!

익숙해진다는 건 사랑의 또 다른 모습이라고 저는 생각하기에 지금은 헤어져선 안 된다고 생각했습니다.

제가 며칠 간 간곡하게 다시 생각해 보라며 매달리자, 남친은 혼자 1주일동안 우리관계를 정리해 보겠다며 혼자여행을 떠났습니다.

그래서 저도 그동안의 우리관계며, 애정문제를 냉정하게 생각해 보겠다며, 그럼 연락하지 말고 서로 생각해보자고 했습니다.

1년 반이라는 기간 동안 단 하루라도 연락하지 않은 날이 없는 저희이기에 연락하지 않는 것이 고통이었지만 참고 참았습니다.

그런데 그에게서 전화가 왔습니다.

자꾸 제가 생각 나더라면서... 다시 한 번 불태워보자고요.

물론 지금 당장은 옛날처럼 행복하기만 했던 그때로 똑같이 돌아갈 수 없다는 건 알지만.... 그리고 저도 남친에게 불편하게 부담주지 않으려 애쓰지만, 사랑한다는 말, 좋아한다는 표현조차 하지 않는 사람이 되어버렸습니다.

남친이 저에게 그렇게도 잘해주는데, 불과 몇 주일 사이에 딴사람이 되어버린 듯해 가슴이 아픕니다.

남친과 솔직히 대화해보고, 제 솔직한 마음상태도 말해보았는데 친구 같은 연인이 된 게 아니겠냐고 그럽니다.

저희가 수년 된 오래된 연인사이도 아니고, 그럼 아무리 오래된 부부사이엔 사랑한단 말도 하지 않는 게 정상인가요?

그런 건 아니잖아요!

저는 사랑하는 사이이고 연인사이라면 당연히 사랑의 표현도 하고, 사랑한다 말도 하는 게 정상이라고 생각합니다.

그렇다고 제 남친이 무뚝뚝하고 표현할 줄
모르는 그런 사람도 아니고요.
이런 답답한 시간을, 왠지 모르게 어색한 관
계를 어떻게 극복해야할지 좀 도와주세요.
혼자서는 너무 힘들고 괴롭습니다.
몸은 같이 있지만 마음은 가지지 못한 그런
느낌말이에요.

남자와 여자는 생물학적, 구조상의 차이뿐 아니라
생각하는 것이나, 받아들이는 것 등 많은 것에 차
이가 있습니다.
그러기에 나와 같을 것이라는 생각은 착각이며 과
욕인 것이죠!
나를 진정 사랑한다면 왜 내 마음을 모를까? 라며
많은 의문을 제기하고 때론 마음상해 하지만, 실
제로 남자들은 여자와 받아들이는 입장이나, 방법
등이 다르고 여자의 속마음을 대부분 모르거나,

심지어는 오해하며 답답해하고 있답니다.

제 사견으로는 두 분이 함께 공유할 수 있는 취미생활이나 공통의 관심사들을 발견해 가는 작업을 하시는 것이 좋을 듯싶네요.

왜냐하면 관심의 대상을 다른 곳으로 분산시킴으로써 오래됨으로 인한 서로의 나태함과 신선함의 결핍을 희석시키고, 만회할 수 있을뿐더러, 새로운 관심대상의 등장으로 두 분에게서 그동안 발견하지 못했던 새로운 면들을 서로에게서 찾을 수 있게 되니까요. 그럼 힘내시고 화이팅!^^

-러브 바이러스-

사랑하고 나서 그 악을 알고 ,미워하고 나서 그 착함을 안다. -예기-

님바라기

이리 저리 호시탐탐
그대의 눈치만 보다
힘겹게 꺼낸 나의 호의에
그대는 차가운 눈빛으로
내 사랑에 비수를 꽂습니다.

떠나라는 뜻인가요?
나를 사랑하지 않는 것은 아니라고,
부인하시지만
그대의 말과 행동은
하나 둘씩 내 사랑을 무너뜨려요.

내 당신을 사랑한다는 것이
설마 죄가 되는 것은 아니겠지요?

행여 당신사랑의 부스러기라도
떨어질까 기다리는 나는,
당신 향한 나의 사랑에
점점 삶의 의미를 잃어가고 있답니다.

전 그가 없으면 살수가 없습니다

전 사귄 지 2년 되어 가는 사랑하는 오빠가
있습니다.

오빠의 부모님과는 상견례만 하지 않았지, 결
혼할 사람이었습니다.

그 오빠는 늘 결혼 얘기를 했어요. 저도 당연
히 이 오빠와의 결혼을 꿈꿔왔습니다.

지난여름!

그러니까 8월 초순에서 중순까지 크게 다퉜
습니다.

그 뒤에 화해를 했으나, 자꾸만 별것 아닌 작
은 일로 다투는 횟수가 많아지면서 오빠가
저에게 크게 실망을 했나봅니다.

지금은 오빠가 절 안 보려 합니다. 자꾸 절
피하고, 외면합니다.

오빠가 얘기 하더군요! 자신을 가만히 내버려
두라고요. 생각을 정리할 시간을 달라합니다

그러다 생각이 정리되면, 그래서 우리가 서로
인연이라면 다시 만나게 될 거라고요.

사실 전 지금의 이 오빠를 처음 만날 때 사귀던 사람이 있었습니다. 예전에 사귀던 그 사람은 무척 무서운 사람이었어요!

자신에게 맞지 않거나, 화가 나면 저를 때리고 욕설도 자주 했었어요. 그래서 제가 헤어지자고 했을 때, 제가 자기랑 안 되더라도 제 주변 남자들은 가만히 안 두겠다고 협박을 하기도 하고, 아무튼 예전의 그 남자와 헤어지는 게 너무 힘들었습니다.

그렇다고 오빠에게 저의 과거를 숨기고 그러지는 않았습니다.

제가 이야기해서 알고 있거든요.

그래서 그 사람을 어쩔 수 없이 봐야 할 때에는 오빠에게 얘기를 하고 만났습니다.

근데 그것이 오빠에게 큰 상처가 되었나봅니다. 전 그게 아닌데...ㅠㅠ

지금도 오해를 많이 하고 있어요.

그리고 다툰 후 오빠가 전화 못 받을 상황이 되었을 때에도 계속 제가 전화 받을 때까지 전화하고, 일부러 피한다 싶어도 계속 전화하고 했거든요.

그게 오빠를 질리게 했다고 하더군요.

전 조금이라도 풀고 얘길 하려고 그랬던 건데...

한번은 제가 오빠의 아기를 가졌을 때입니다. 그때 오빠는 저와 결혼하자고 했었어요. 근데 언니의 결혼과 제 현실, 부모님의 경제여건 등 현실적인 상황이 여의치 않아 제가 눈물을 머금고, 오빠에게 수술을 해야겠다고 얘기했어요.

결국은 수술을 함께 받으러 갔었어요. 오빠도 제 상황을 이해해 주었지만 그래도 많이 섭섭했었나 봐요.

오빠와 저는 저희 언니가 소갤 시켜줘서 만나게 된 사이입니다.

그래서 최근에 오빠와 저의 이야기를 언니와 상의도 하고, 수술 얘기까지 했어요.

어제는 언니가 오빠를 만나 얘기도 해봤다고 합니다.

근데 오빠는 계속 싫다고 합니다. 제 남자관계와 성격들이요.

아기얘길 하면서 남자로써 책임져야 하는 것
아니냐고 하니까,

지금 뱃속에 있는 것도 아니고 연애하다보면
그럴 수도 있는 것 아니냐고, 그런 걸로 지금
와서 책임지라고 하는 건 우습지 않냐고! 했
다더군요.

전 그가 없으면 살수가 없습니다.

너무 고통스럽고, 살수가 없어서 자살 기도까
지 했었습니다. 그에게 실망감을 안겨준 제가
견딜 수 없습니다.

오빠가 절 많이 사랑했었던 만큼, 지금 저에
게 실망을 배로 하고 있는 것 같아요.

제가 어떻게 오빠를 기다려야 할까요?

제가 어떤 방법으로 오빠의 마음을 돌려야만
할까요? 전 오로지 그 생각만 합니다.

저를 제발 도와주세요.

있을 때 잘해라! 라는 말이 있습니다.

참 쉬우면서도 행동하기에는 어려운 말이죠!

소중한 것은 평소에 더더욱 조심하고 아껴야 하는 것인데, 안다는 이유로, 사랑한다는 이유로 그렇지 못한 게 현실입니다.

상대에 대한 배려보다는 자신의 욕심이 앞서기 때문입니다.

하나의 화초를 키우더라도 사랑과 보살핌의 정성이 필요하듯 하나의 사랑을 가꿔 나가는 데는 더 많은 노력과 정성이 필요합니다.

빨리 키우고 싶은 욕심에 많은 물과 영양분을 준다면 뿌리가 썩게 되어있습니다.

과도한 햇빛은 화초를 시들게 하는 것이지요.

지금이라도 늦지 않았습니다.

혹시라도 오빠라는 분을 다시 만나게 되면 님의 감정을 조금은 절제하고 그분의 입장에서 생각해 보는 그런 배려만 있다면 지금의 사랑을 얼마든지 예쁘게 가꾸어 나가실 수 있을 것입니다.

그럼 힘내시고, 화이팅!^^

-러브 바이러스-

문자 메시지

주적주적 비가 옵니다.
이놈의 바람은 또 왜 이리 심한지
마음이 더욱 스산해 집니다.
당신이 더욱 그리워집니다.

언제든 자신이 필요할 때면
주저 없이 연락하라던 당신
당신도 이 깊은 밤 깨어있길 기대하지만
그건 나만의 욕심, 헛된 바람!

좋은 꿈꾸시라고,
내가 깨어 그댈 위해 이 밤을 지키겠노라고
문자 메시지를 보냅니다.
혹시나 하는 헛된 미련과 함께...

내 가슴속 그대의 사랑

지금도 눈감으면 그려지는
그대의 앳된 어색함은
삶의 무게에 지쳐있는 내게
큰 힘이 되어주네.

언제나 나를 위해
포근함을 준비하던 그대의 사랑
지쳐 쓰러져가는 내게
삶의 의미가 되어주네.

사랑이란 이름의 운명!
거부하고 싶어도
몸부림쳐도 어느새,
정해진 이별의 그 길을 걸어가듯

그대와의 사랑 또한
안타까운 그 길을 걸어가지만
내 가슴 속 그대의 사랑
여전히 큰 의미로 날 안아주네.

당신이 조금만 아파도

오늘 또다시 당신 아프다는 소리 들었어요.
아침부터 비가 내려
그렇지 않아도 당신 생각 많이 났었는데....
당신 아프다는 소리 듣고는
얼마나 속상하던지 지금껏 밥 한 술 못 떴어요.
이렇게 비가 내리면 당신과 손잡고
강가도 좋고... 고궁도 좋고... 바닷가도 좋고....
어디든 나란히 걸어보고 싶었는데...
사랑한다는 말 이제 못하지만...
그래도 당신 사랑해서 많이 행복했었다고
이젠 용기 내어 말하고 싶었는데....
당신 아프다는 소식 듣고는
멀리서 바라보는 것마저도 죄가 된다면
당신 볼 수 없는 어둠 속에만
꼭꼭 숨어살겠노라고
그러니 당신 그저 아프지만 말게 해달라고...
나.... 이렇게 간절히 기도만 해요.
내 욕심이 지나쳐 당신 아프지 않았나 해서
또다시 미안해집니다.

전에 당신 감기라도 걸리면
죽을병에라도 걸린 것처럼
호들갑을 떨었었는데...
편도선이 안 좋아...
고열이 나고 물도 제대로 못 마셨었는데....
지금은 그때 보다 더 많이 아프다면서요...
당신, 고집 그만 부리고
이제라도 빨리 병원에 가요.
밖에 나갈 땐 목에
목도리를 칭칭 동여매는 거
잊지 말고요...
손 얼지 않게 장갑도 꼬옥 끼고요....
병원에서 타온 약 먹기 싫다고
예전처럼 쓰레기통에 버리지 말고
시간 정해서 잘 챙겨 먹고요.... 알았죠?
당신은 괜찮다고 말할지 모르겠지만
제가 걱정 돼서 그래요...

유난히 눈이 크고 속눈썹이 길었던 당신...
그래서인지 겁도 많았던 당신....
미안해요.... 당신 아파하는데
곁에 있어 주지 못해서....
영원히 함께 하리라는 그 약속,
지켜주지 못해서....
지금... 당신이 아파서 내 눈에 비가 내려요.
이럴 자격 없는데... 이래선 안 되는데....
당신 조금만 아파도 내 가슴에선 슬픈 비가
이렇게 하염없이 내리네요.

친정엄마

*

내가 그를 처음 만난 것은 꽃샘추위가 유
난히 맹위를 떨치던 어느 봄날이었다.

그 당시 난 교대를 졸업하고 살던 도시에
서 제법 떨어진 어느 작은 시골 초등학교에
갓 부임한 신출내기 교사였다.

교직에 대한 어떤 사명이나 원대한 포부보
다는 엄마 품안에서 처음 떠난 것이 마냥 두
렵고 낯설게만 느껴지던...

"툭!"

*

시험채점을 하느라 평소보다 늦게 퇴근을
하던 날이었다.

갑작스런 소나비로 인해 현관문 앞에 서서
비가 그치기만을 기다리고 있는데 누군가 내
앞에 낡은 비닐우산 하나를 툭하고 집어던졌
다.

고개 돌려 보니 아이들이 '소사' 또는 '깡패
아저씨'라고 부르는 김씨였다.
　한쪽 다리를 약간 절고 다니면서 학교의
온갖 허드렛일을 거의 도맡아 하는...
　"이건.... 왜?"

　*

　그는 원래 서울에서 알아주는 건달이었다
고 한다.
　그런데 상대조직과 싸움도중에 한쪽 다리
를 다쳐 고향땅으로 다시 내려왔다고 했다.
　그러다 먼 친척뻘 되는 교장선생님의 권유
와 배려로 약간의 보수를 받으며 학교 일을
거들어 주고 있다했다.
　그는 내 질문이 끝나기도 전에 어느새 저
만치 빗속으로 사라져갔다.
　마지못해 우산을 집어 들기는 했지만 이런
저런 이유로 그의 친절이 그다지 달갑거나
유쾌하지만은 않았다.
　그러던 어느 따사로운 봄날이었다.

"어, 저건?"

*

휴일을 맞아 모처럼만에 읍내 나가 영화를 한편 보고 오는데 터미널 안이 유난히 시끄러웠다.

무슨 일인가하고 힐끔 한번 쳐다보니 김씨가 젊은 사람들에게 둘러싸여 얻어맞고 있었다.

평소엔 과묵하고 얌전하다가도 술 한잔하면 자신의 처지를 비관해서 아무에게나 시비를 걸고 폭언을 퍼붓는다고 하더니...

읍내에 나와 거나하게 술 한 잔 하고 가다가 낯선 사내들과 시비를 붙은 것 같았다.

"이제 그만들 해요!"

*

평소 겁이 많고 소심한 성격 탓에 남의 일에 잘 참견하지 않던 나였다.

그런데 무슨 용기가 났는지 나도 모르는

사이에 폭력을 휘두르고 있는 사내들 틈으로 헤집고 들어가 김씨를 보호하고 있었다.

나의 이런 갑작스런 행동에 사내들도 놀랐지만 더 크게 당혹스러워 한 것은 김씨였다.

날 바라보는 그의 눈동자는 몹시 흔들리고 있었다.

"왜 바보처럼 얻어맞고 다녀요?"

*

그는 날 보며 다시 무슨 말인가를 하려고 하더니 피투성이 된 자신의 입술만을 지그시 깨물었다.

우린 같은 버스를 탔다. 그가 앞에, 난 바로 뒷좌석에 앉았다.

하지만 버스가 목적지에 도착할 때까지 한 마디의 말도 없이 진달래꽃으로 만개한 들녘과 산만을 바라보았다.

하지만 난 보았다. 버스에서 내리기전 그의 귓불이 방금 전 보았던 진달래꽃보다 더 수줍게 물들어져 있었다는 것을...

"타...타실래요? 제가 학교 사택까지 모셔다
드릴게요..."

*

그는 버스정류장 앞에 세워놓았던 오토바
이를 끌고 내 앞으로 왔다.

난 망설이다가 마지못해 그가 타고 있던
오토바이 뒤에 몸을 실었다.

그는 무엇이 그리도 좋은지 어린아이처럼
어깨를 들썩이며 콧노래를 흥얼거렸다.

과묵하고 무서운 얼굴을 하고 다니던 평소
의 그답지 않았다. 어쩌다 낯익은 얼굴이 보
이면 멋쩍게 먼저 인사를 건네기도 하면서...

"선생님 덕분에... 3년하고도 6개월 만에....
제 가슴에 봄이 찾아왔네요... 오늘...."

*

사택 앞에 날 내려놓은 그는 꾸벅 인사를
했다.

그러더니 플라타너스나무 이파리가 노을빛
으로 춤추고 있는 운동장 한가운데를 가로질
러 쏜살같이 어디론가 달아났다.

　　이상하게 늘 위압감을 주던 그의 뒷모습이
그날따라 더 이상 무섭거나 두렵지 않았다.
그저 왠지 모를 측은함과 안쓰러움만이 느껴
질 뿐...

　　'아, 지금 내가 무슨 생각을...'

　　*

　　그로부터 3일후였다.

　　학교 사택에서 기르던 '쫑'이란 이름의 개
가 쥐약을 먹은 사건이 발생했다.

　　한동안 미쳐 날뛰던 쫑은 늦은 밤 산속으
로 도망을 가버렸다.

　　동네 사람들은 물론이고 읍내 순경들까지
동원하여 쫑을 찾아 나섰지만 며칠째 별다른
성과를 거두지 못하던 어느 날이었다.

　　수업이 모두 끝난 후 운동장 가장자리에
있는 벤치에 앉아 아카시아향기를 음미하고
있는데 갑자기 서늘한 느낌이 들었다.

순간, 시커먼 무엇이 내 앞으로 성큼성큼 다가오는 것이 보였다.

입에 하얀 거품을 가득 문...

"너....넌?"

*

쫑이었다.

내가 기어들어가는 목소리로 도움을 청하며 두 눈을 질끈 감았을 때였다.

갑자기 저 멀리에서 부르릉-하고 오토바이 소리가 들려왔다.

눈을 떠보니 김씨였다. 그는 빠른 속도로 오토바이를 몰고 내가 있는 곳으로 달려오더니 쫑을 향해 몸을 던졌다.

"위험해요!"

*

김씨는 외적으로 풍기는 이미지와는 달리 은근히 센치하면서 낭만적인 구석이 많은 사람 같았다.

쫑 사건으로 인해 제법 큰 부상을 입었지만 하루가 멀다하고 날 찾아 왔다.

가끔씩 엉터리 기타를 쳐주기도 하고, 영화표를 구해다 선물로 주기도 하고, 어디에서 몰래 베낀 듯한 유치하면서 낯 간지런 시를 읽어주기도 했다.

어쩌다 산에 오를 때는 야생화를 캐다가 사택 앞 텃밭에 심어주기도 했고, 바다낚시를 갈 때면 내 주먹보다 갑절은 큰 소라를 한 자루씩 잡아다 삶아주기도 했다.

"김씨가 변했어! 글쎄 그 망나니가 술, 담배 끊더니 요즘엔 싸움 한번 한 적이 없대 글쎄."

*

그러는 사이 그에 대한 평판도 상당히 우호적인 시선으로 바뀌어져 갔다.

그 중엔 나 역시도 포함되어져 있었다. 그는 더 이상 예전처럼 자신의 처지를 비관하거나 자학하지 않았다.

누가 뭐라 한 것도 아닌데 주일날이면 내가 다니는 교회에 출석도 했다.

난 그가 긍정적인 모습으로 변화되는 것이 보기는 좋았지만 다른 한편으로는 어떤 알 수 없는 부담감 같은 것이 느껴지기도 했다.

그저 같은 학교, 같은 교회에 다니는 많은 사람들 중에 한사람 정도로만 생각하는데 그는 날 그 이상으로 대하는 것만 같았기 때문이다.

"저렇게 붙어 다니다가 정분나면 어쩌려구 그러는지? 쯔쯔쯔"

*

여름방학이 막 시작될 무렵이었다.

그와 내가 연애한다는 소문이 무성한 가운데 우연히 요절노트에 적힌 그의 글을 보게 되었다.

"하나님! 있잖아요... 사랑이 뭐죠? 아무리 봐도 내 갈비뼈로 만든 내 반쪽이 아닌 것 같은데... 그 사람이 자꾸만 좋아져요...

심장이 아프고... 마음이 자꾸만 그쪽으로 가요... 저 같이 작고 못난 놈이.... 그 사람 사랑해도 죄가 되지 않을까요? 죄가..."

글을 읽던 난 적잖이 놀라고 고민도 되었다. 그러면서 다른 한편으로는 나의 순수한 친절과 호의를 그런 식으로 받아들인 그가 솔직히 불쾌하게 느껴지기도 했다.

"우리 이제 그만 만나요! 난 아니예요... 당신이 생각하는 그런 인연이..."

＊

그가 나에게 사랑고백이라는 것을 하던 날.

난 아주 짧고도 간단명료하게 내 생각을 전했다. 그러자 그가 버럭 화를 내며 소리쳤다.

그럼 그동안 자신을 동정해서 만나준 것이냐고? 왜 자신은 안 되느냐고? 자신도 뜨거운 가슴이 있다고... 그리고 무엇보다 이 세상 그 누구보다 지금 사랑을 하고 싶다고...

난 그렇게 울부짖는 그를 향해 잠시의 망설임도 없이 냉혹하게 잘라 말했다.

"저... 이번에 집에 가면 선봐요... 직업이 의사인 사람과..."

*

난 내가 보기에도 놀랄 정도로 단호하게 그와의 관계를 정리하고 집으로 왔다.

그리고 엄마가 늘 그렇게 입버릇처럼 말하던 '사'자 들어간 직업을 가진 남자와 선을 봤다.

남자의 모든 것이 맘에 들었다. 집안, 인물, 경제력 등... 결혼을 마다할 이유가 없었다.

난 방학을 이용해 그와 몇 번의 만남을 더 가진 후 결혼날짜까지 잡기에 이르렀다.

그런데...

"선상님유! 큰일났구먼유! 우리 아들이 지금 죽게 생겼구먼유!"

*

그의 어머니였다.

그녀는 어떻게 우리 집 전화번호를 알았는지는 몰라도 다급한 목소리로 말했다.

내가 결혼한다는 소식을 듣고는 자신의 하나밖에 없는 아들이 지금 농약을 마시고 병원에 실려 갔다고...

난 고민과 갈등 끝에 기차를 타고 그가 입원해 있다는 병원으로 급히 갔다. 그러면서 맘속으로 간절히 기도했다.

제발 살아만 있어 달라고... 결혼날짜를 잡은 후부터 행복하기는커녕 늘 가슴 쪼가리 한부분이 떨어져 나가는 듯 아파왔던 것은 아무래도 당신을 사랑했기 때문인 것 같다고... 그동안 당신과 인연 닿는 것이 죽기보다 싫어 일부러 더 차갑게 대하려 했지만 그건 진심이 아니었다고...

'어느 소낙비 내리던 봄날... 내 앞에 낡은 비닐우산 하나를 화난 사람처럼 툭하니 던져주고 갔던 당신...

이 세상에서 가장 멋대가리 없는 인연으로 불쑥 찾아왔던 참으로 바보 같은 당신을 내가 사랑합니다. 아무래도 그런 것 같습니다. 내가...'

*

다행히 약을 마신 후 바로 병원으로 후송되어 위세척을 하는 바람에 그의 생명엔 지장이 없다고 했다.

안도의 한숨을 내쉬며 병실에서 밤을 지새우고 있을 때였다. 갑자기 병실 문이 열리면서 낯익은 얼굴이 내 시야에 고정됐다.

엄마였다. 바람둥이 아버지에게 버림받은 후 날 반듯하게 키우기 위해 온갖 험하고 궂은일도 마다하지 않으셨던...

"세상에! 어떻게 이런 일이... 어서가자! 엄마만 알고 있는 일로 할 테니..."

*

난 고개를 저었다.

그러면서 지금 내 앞에 누워있는 이 사람
을 포기하지 못하겠다고... 그러기엔 내가 너
무 늦은 것 같다고... 엄마 맘 아프게 하고...
엄마가 기대하는 딸이 못되어서 미안하다며
용서를 빌었다.

　　정신이 든 그 사람 역시도 바닥으로 내려
와 무릎 꿇은 상태에서 머리를 조아리며 같
이 빌었다.

　　엄만 어이없다는 표정으로 나와 그를 번갈
아가며 노려봤다. 그러더니 갑자기 그의 머리
카락을 움켜잡으며 악을 쓰듯 소리쳤다.

　　"이 나쁜 놈아! 야 이놈아, 너 미쳤냐? 네
주제를 알아야지 왜 하필 우리 딸애야!! 왜?"

　　*

　　엄마는 얼마나 화나고 속상했던지 환자인
그를 사정없이 두들겨 팼다.

　　그러고도 분이 안 풀렸는지 그 사람의 가
슴자락을 움켜잡으며 고래고래 소리 질렀다.

　　간호사들이 달려와 뜯어 말릴 때까지...

그날 밤... 나도... 그도.... 울었지만 우리 엄마만큼 섧게 많이 운 사람은 없었다.

"학교고 뭐고 지금 당장 때려 쳐! 오늘 이 시간부로 이 집에서 한발자국이라도 나가면 다리몽둥이를 확 분질러 버릴테니 그리알아!"

*

엄마에 의해 강제로 끌려온 난 한동안 집안에 감금된 상태에서 지내야만 했다.

처음엔 내 맘을 이해 못해주는 엄마가 원망스럽기도 했지만 다른 한편으론 그 심정 충분히 이해되기도 했다.

어릴 적부터 나에 대한 엄마의 사랑은 워낙 유별난 편이었다.

초등학교 시절 내가 다리를 다쳐 학교가기가 힘들었던 적이 있었다. 그때 엄만 독감에 걸려 화장실에 잘 가지 못할 정도로 몸이 안 좋았다. 그런데도 불구하고 약 30분 정도 걸리는 학교를 근 1주일동안이나 계속해서 날 업고 다녔다.

"지영아! 이 엄만 말야. 널 위해서라면 뭘 해도 힘들지 않아. 왠지 알아? 그건 이 세상에서 엄마가 젤 사랑하는 사람이기 때문이야...."

*

그렇게 애지중지 키우던 딸이 고대하던 교대에 합격했을 땐 얼마나 좋았던지 엄마가 소장으로 있던 보험회사 앞에 <장경순의 자랑스러운 딸 박지영 ○○교대에 합격하다!!>라고 큼지막하게 플래카드 써서 붙여놓던 엄마였다.

그런데 '사'자 들어간 직업 가진 남자가 아니면 절대로 시집보내지 않겠노라고 애지중지하던 딸이 가난뱅이 상고출신 장애자와 사랑에 빠졌다고 하니 그 심정이 오죽하실까.

"다시 한 번 말하지만... 이 에미 눈에 흙이 들어가기 전엔 절대로 그 사람하고는 안돼!"

*

엄마의 결심은 무서울 정도로 단호했다.

외출할 땐 문을 밖에서 이중삼중으로 걸어 잠갔고, 잠잘 땐 엄마와 내 팔목에 줄을 묶어 놓은 채 잠이 들었다.

그러던 어느 날이었다.

전혀 예기치 않은 일이 벌어졌다. 이른 아침에 밖이 소란해서 창쪽을 바라보니 그가 대문 앞에서 무릎을 꿇고 있는 모습이 보였다.

그는 내 곁을 떠나 다시는 나타나지 않을 테니 제발 날 좀 그만 풀어주라고 눈물로 거듭 애원했다.

하지만 엄마의 분노는 쉽사리 사그라지지 않았다. 주방에 모아두었던 음식물 쓰레기를 가져다 그의 얼굴에 집어던지며 소리쳤다.

"넌 이 오물 보다 못한 놈이야! 그런 놈이 감히 누구 딸을 꼬셔내려고 또 수작을 부려!"

*

결국 그는 그렇게 참기 힘든 모욕을 당하고는 우리 집에서 떠나갔다.

난 더 섧게 울부짖으며 그가 가지 못하게
붙잡아 달라고 엄마에게 애원했다.

엄마는 내가 그러면 그럴수록 더 큰 배신
감이 치밀어 오르는지 급기야 가위를 가져다
내 긴 머리를 싹둑싹둑 잘라버렸다. 마치 나
와의 인연을 끊으려고 작정이라도 한 듯...

"이것아! 너라면.... 네가 이 에미라면.... 넌
네 딸을 저런 남자에게 시집보낼 수 있겠
냐?"

*

그날 밤... 며칠째 식음 전폐하던 엄만 결국
탈진하여 병원으로 실려 갔다.

난 엄마와 함께 일하는 보험회사 직원인
미자 아주머니로부터 엄마가 무사하다는 소
식을 듣고는 그 길로 짐을 챙겨 그에게로 갔
다. 엄마한테는 죽도록 미안했지만...

"지영씨! 제발 이러지 말아요. 그러면 우리
평생 동안 어머니 얼굴 못 봐요... 힘들어도
다시 집으로 돌아가서 허락부터 받도록 해
요."

*

야밤에 가방 하나 달랑 들고 찾아 온 날 보며 그는 어떡하든 설득하려고 했다.

하지만 난 고개를 저었다. 지금은 아니지만 시간이 흐르면 엄마도 분명 우리들을 이해해 줄 것이라고 말하며...

우리가 기차를 타고 간 것은 대구였다.

처음엔 둘이 함께 있기만 해도 행복할 것 같았으나 현실은 그렇지가 못했다.

보증금 없는 월세방에서 밤낮없이 학습지 교사, 학원 강사, 도서 외판원 등 돈 되는 일이라면 무엇이든 했지만 이상하게 형편은 나아지지 않았다. 그러던 어느 날이었다.

"이봐! 당신들 여기서 장사하지 말라고 했지?"

*

생활비에 조금이나마 보탬을 준다며 나의 만류에도 불구하고 그이가 시장모퉁이에서 과일행상을 하고 있을 때였다.

보호비와 자릿세 명목으로 수차례 금전을 갈취했던 일당들이 또다시 나타났다. 그들은 그날따라 유난히 심하게 행패를 부렸다.

그 순간이었다. 그동안 잘 참고 견디던 그 사람이 '욱'하면서 싸움이 벌어졌다.

"그래 이놈들아! 오늘은 누가 죽나 어디 한 번 해보자!"

*

싸움은 의외로 커져만 갔다.

그이가 과도용 칼을 휘두르는 바람에 행패를 부리던 일행들 중 일부가 크게 다쳤다.

그이 역시 실랑이하는 과정에서 바닥에 넘어지면서 허리와 목을 다쳐 병원응급실로 급히 후송되었다.

처음엔 그래도 경미한 타박상 정도로만 생각했었는데... 검사결과 하반신을 전혀 사용할 수 없게 될지도 모른다고 했다.

"여보! 병원에서 시키는 대로만 해. 돈은 내가 어떡하든 마련해볼 테니까..."

＊

싸움을 했던 상대들 역시 제법 큰 부상을 입은지라 치료비를 청구할 도리가 없었다.

상황이 더 악화되기 전에 당장 수술비와 병원비를 마련해야 되는데 너무 막연해서 눈앞이 깜깜해졌다.

동분서주하며 다만 얼마의 돈이라도 마련하기 위해 애쓰고 있을 때였다.

하루는 냉혹한 현실 앞에 서러운 눈물을 훔치며 들어오는데 병실 안이 온통 불이라도 난 것처럼 난리였다.

사는데 더 이상의 희망이 없다고 생각되어 졌는지 그이가 자해를 한 것이다.

"이렇게 반신불수로 평생을 살 바에는 차라리... 차라리... 죽는 게 더 나아! 흐흐흐흐."

＊

어떡하든 그이를 살려야만 했다.

오직 그 생각뿐이었다. 그 사람에게 말은 안했지만 그 당시 난 임신을 한 상태였다.

태어날 아이를 위해서도 그는 반드시 살아
나야만 했다.

난 야반도주 후 한 번도 연락하지 않았던
친정엄마를 찾아갔다. 용서를 구하고 다만 얼
마의 돈이라도 구하려는 생각에...

"엄마! 엄마 나야 지영이! 제발 문 좀 열어
줘. 제발 한번만 살려줘!"

*

이제 그만 용서하고 도와 달라 애원했지만
엄만 대문조차 열어주지 않았다.

이번 한번만 살려주면 죽어도 은혜 잊지
않겠노라고 거듭 무릎을 꿇으며 울부짖었지
만 당신의 딸은 이미 죽었다며 단칼에 거절
했다.

난 절망과 분노에 찬 눈빛으로 입술을 깨
물며 엄마의 가슴에 대못을 박듯 한마디 내
뱉고는 자리를 떴다.

"안녕히 계세요... 저도 이제 엄마 없는 걸
로 할게요. 그리고 앞으로... 다시는... 다시는...

찾아오는 일 없을 거예요.."

*

수술비와 병원비를 마련하지 못한 난 결국
병원에 있던 남편을 데리고 집으로 돌아와야
만 했다.

그렇다고 모든 것을 포기한 것은 아니었다.

홀몸이 아닌데도 불구하고 전보다 몇 곱절
더 열심히 일했다. 돈이 없어 당장은 민간요
법 등으로 치료했지만 어떡하든 남편을 일으
켜 세우고만 싶었다.

남편이 죽으면 모든 것이 허사가 되기에...

그래서 엄마 앞에 남들처럼 보란 듯이 행
복하게 사는 모습을 보여주고 싶었다.

"여보! 제발 힘내..."

*

정성이 하늘에 닿아서일까.

남편 다치고 난후 다시 나가기 시작한 교
회에서 21일 새벽 작정기도를 마치고 돌아오

던 어느 날이었다. 대학동기 중 유난히 친하
게 지내던 미숙에게서 한통의 전화가 걸려
왔다.

"나 이번에 영어 보습학원 하나 하려고 하
는데... 네가 좀 도와줄래?"

*

투자는 미숙이 했지만 학원운영은 거의 내
가 도맡아서 했다.

동업형식으로 시작한 학원은 날이 갈수록
성황을 이루었다.

그 사이 난 첫애를 낳았고 혼자 힘으로 휠
체어를 움직일 정도가 된 남편은 다니던 교
회 목사님의 권유로 뒤늦게 신학대학에 입학
했다.

온갖 우여곡절 끝에 남편이 신학대학을 졸
업하고 대전에 개척교회 설립예배를 드리던
날 우리 가족은 모처럼만에 한자리에 모여
외식하게 되었다.

"여보! 우리 그러지 말고 장모님 한번 찾아가 봅시다. 이제 많은 시간이 흘렀으니 장모님의 노여움도 많이 누그러졌을 것이요."

*

남편은 참 착한 사람이었다.

그러지 않아도 엄마한테 막 자랑도 하고 싶고, 칭찬도 받고 싶었던 난 엄마 생일날에 맞춰 가족들과 함께 몇 가지 선물과 꽃을 사들고 친정집을 찾았다.

하지만 엄만 이미 오래전에 집을 팔고 다른 곳으로 이사를 간 상태였다.

"아, 엄마!"

*

개척한 남편의 교회는 생각처럼 부흥이 잘되지 않았다. 물질적으로 많은 어려움을 겪고 있는 가운데 둘째 아이를 낳아 병원에 입원해 있던 어느 날이었다.

주일 아침예배를 인도하고 병원으로 찾아
온 남편이 약간은 의아한 표정을 지으며 내
게 말했다.

예배를 한참 인도하고 있는데 모자를 꾹
눌러쓴 낯선 중년의 여자 한분이 교회 안으
로 들어왔다는 것이다. 그 여자는 예배도중
몇 번이나 눈물을 훔치며 간절히 기도하더니
축도를 마치기도 전에 어디론가 홀연히 사라
졌다는 것이다.

"그런데... 그 분의 모습이 어딘지 모르게
장모님과 많이 닮은 것 같았어."

*

남편이 친정엄마 닮은 여자를 보았다고 말
한지 보름정도의 시간이 지났을 때였다.

전에 어머니가 있던 보험회사에서 같이 일
하던 미자 아주머니로부터 한통의 전화가 걸
려왔다.

그동안 위암에 걸려 모든 것을 정리하고
시골에 있는 작은 기도원에 내려가 지내던

친정엄마가 어젯밤에 돌아가셨다는 것이다.

아이를 낳고나서야 엄마 맘 알 것 같았고, 그동안 엄마가 너무 보고 싶어서 밤마다 눈물 흘렸었는데...

'아, 엄마!'

*

남편에게 버림 받고, 하나밖에 없는 피붙이에게도 배신당해 여생을 홀로 지독한 외로움 속에 살았을 친정엄마는 그렇게 내 곁에서 떠나갔다.

그리고 그 유해는 곱게 화장되어 엄마의 유언에 따라 고향인 서해바다 한가운데에 뿌려졌다.

죄인 된 심정으로 회개와 통곡을 하던 우리 부부는 그 후 자식들에게 버림받아 남은 여생을 쓸쓸히 살아가고 있는 이 땅에 버려진 독거노인들을 보살피고 돌보는 사역에 전력을 다했다.

"여보, 할 말이 있소."

*

몸이 너무 쇠약하고 불구여서 수술마저 불가능한 남편...

계단 하나 오르는 것도 벅차 가쁜 숨을 연신 몰아쉬면서도 버려진 노인들을 섬기고 보살피느라 눈코 뜰 새 없이 분주한 남편...

그런 남편이 어느 날 망설이듯 조용히 말했다.

자신의 가슴속에 남은 최고의 한은 장모님께 살아생전에 사위로 인정받지 못한 것이고, 그 다음은 남들이 다하는 웨딩마치를 올리지 못한 것이라며... 지금껏 결혼식을 못 올려준 것이 못내 죄스럽고 미안하다고 했다.

"여보... 그러지 말고 더 늦기 전에 우리 결혼식을 올리도록 합시다..."

*

친정엄마가 돌아가신지 얼마 되지 않아 우린 교회야외에 마련한 식장에서 교인들 약간을 모아놓고 조출하게 결혼식을 올렸다.

하지만 난 내 욕심 때문에, 엄마 마음에 대못을 박으면서까지 사랑을 선택했었다는 죄책감과 미안함 때문에 하얀 웨딩드레스가 온통 눈물로 얼룩질 때까지 울고 또 울었다.

못난 딸 때문에 너무 속 많이 썩어서 바글바글 주름이 생기고, 몸속의 암덩어리가 불쑥불쑥 커졌을 엄마의 고통을 생각하니 눈물이 앞을 가려 도무지 멈출 생각을 하지 않았다.

'어...엄마... 이렇게 좋은날 엄마가 와서 축복해줬음 정말 좋았을 텐데... 엄마가 곁에 있었으면...'

*

엄마에게 미안하기도 하고... 고맙기도 하고... 그래서 맘속으로 다음 세상에선 내가 당신의 엄마로 태어나고, 당신은 내 딸로 태어나서 내가 그동안 속 썩이고 아프게 했던 것이자 쳐서 곱절로 다 갚으라고 울먹이며 흐르는 눈물을 손등으로 훔치고 있을 때였다.

원로목사님의 주례사가 끝나고 하객들을 향해 인사를 하던 난 하마터면 너무 놀라 그 자리에 털썩 주저앉을 뻔했다.

하객들 사이에 유난히 낯익은 얼굴이 보여서 혹시나 하고 자세히 봤더니 세상에!!

"어...엄마! 죽은 엄마가 어떻게 여길...??"

*

눈을 씻고 몇 번을 확인해도 얼마 전에 돌아가셨던 친정엄마가 틀림없었다.

내가 교사되어 첫 월급 타던 날 사주었던 연분홍색 한복을 곱게 차려 입은 친정엄만 날 보더니 한쪽 손을 들어 보이며 살짝 미소를 지어보였다.

예전에 우리의 만남을 반대하던 얼음장처럼 차갑던 표정이 아니었다.

우리의 결혼을 진심으로 축하해주기 위해 하늘나라에서 내려온 천사처럼 이 세상에서 가장 온화하면서 자애로운 눈빛의 미소였다.

울컥하며 치밀어 오르는 눈물을 훔치며 그런 친정엄마에게 달려가려고 할 때였다.

　갑자기 '펑펑펑!!!!'하고 폭죽 터지는 소리가 들리면서 머리위로 하얀 눈꽃이 쉴 새 없이 쏟아져 내리기 시작했다.

　마치 하늘 문이 활짝 열리기라도 한 것처럼...

　'아, 엄마!'

<친정엄마의 일기>

*

나쁜 것! 내가 저를 그동안 어떻게 키웠는데... 이 에미의 가슴에 대못을 막아도 유분수지... 하필 그런 남자를... 중략-

*

지영이 그것이 속을 썩여서 그런가?

요즘 계속 신경을 쓰고 아무것도 먹지 못해서 그런지 가슴을 쇠꼬챙이로 긁어내리는 것처럼 쓰리고 아프다. 내일은 아무래도 병원엘 한번 가봐야겠다... 중략-

*

남편에게 버림받고.. 딸아이 하나 잘 되라고 그동안 온갖 험하고 궂은일 마다하지 않고 악착 같이 살아왔는데.. 무슨 놈의 팔자가 이리도 드세서 그 결과가 고작 위암말기라니...

아, 하나님이 원망스럽다... 중략-

*

앞으로 어떻게 살아야할지 너무 막막하다.

행여나 지 에미가 몹쓸 병에 걸렸다는 것을 알게 되면 우리 착한 지영이가 많이 걱정하고 속상해 할 텐데...

그 철없는 것... 이제 이 에미 대신해서 끝까지 지켜주고 돌봐줄 수 있는 듬직한 신랑을 얻었으면 좋겠는데... 하필 그 많은 남자들 중에서 지 몸도 하나 간수 못하는 그런 불구자와 평생을 어떻게 살려고 저리 고집을 부리는지... 에휴~ 철딱서니 없는 것 같으니라구... 중략-

*

그렇게 뜯어 말렸건만 딸아이가 그 나쁜 놈과 함께 야반도주를 했다.

내가 의식을 잃고 쓰러진 사이.... 병원에선 암 세포가 더 전이되기 전에 수술을 하자고 했다. 그래서 그렇게 하자고 했다.

어떡하든 살아나서 하나밖에 없는 불쌍한 내 딸 지영이... 좋은 사람 만나 시집가는 것도 보고... 손주 새끼 한번 안아 볼 때까지만 살았으면 좋겠는데...

혹시 내 욕심이 너무 과해서 지금 벌을 받고 있는 것은 아닐까... 중략-

*

계속되는 방사능치료와 약물치료로 인해 요즘 몰골이 말이 아니다.

울렁거리고 메슥거려 음식물을 입에 대지 못하는 것은 괜찮은데...

우리 딸 지영이가 그렇게 곱고 부드럽다며 늘상 어루만져주던 머리카락이 자꾸만 빠져 버리니... 중략-

*

아무래도 그리 오래 살지는 못할 것 같다.

하루하루 숨 쉬는 것이 보통 버거운 게 아니다. 병원에선 암세포가 다시 재발했다면서 빠른 시일 안에 재수술 받을 것을 제안했다.

그런 와중에 한동안 소식이 두절됐던 딸아이가 찾아왔다.

너무 반가웠지만... 만날 수가 없었다. 한올의 정마저도 다 떼기 위해 모진말로 딸아이를 내좇고는 창밖을 보며 한참을 울었다.

미안하다, 애야. 부디 이 에미를 용서해라...
중략-

    *

딸아이의 식구들이 경제적으로 많이 힘들어하는 것 같다.

오늘 정들었던 집을 팔아 우선 대출금과 그동안 빌린 돈 등을 갚았다.

그리고는 나머지 돈으로 재수술도 하고 계속 병원치료를 받을까 고민하다가... 시골 친구가 운영하는 기도원으로 들어가기로 결심하고 나머지 돈 모두를 딸아이와 가장 친했던 대학동기 미숙에게 우송해주었다.

얼마 되지 않는 돈이지만 지영에게 도움이 될 만한 일에 써달라고 하면서...

그러면서 집 팔아 준 것을 알면 혹시라도 부담스러워하고, 지 에미가 죽을병에 걸렸다는 소식도 알게 될지 모르니 모든 사실을 비밀로 해달라고 거듭 부탁했다... 중략-

＊

기도원에서 딸아이와 그의 가족들을 위해 기도하며 지낸지 수 년...

기적적으로 생명을 연장해 주시던 하나님이 이제 내 마지막 소원마저 들어주시려는가 보다.

어릴 적에 캐나다로 입양되어 한동안 소식이 두절됐던 일란성 쌍둥이 내 동생이 오늘 오랜 수소문 끝에 날 찾아왔다.

난 동생에게 모든 것을 사실대로 털어놓은 후 지영이가 첫 월급 받은 기념으로 사주었던 연분홍색 한복을 건네주며 부탁했다.

혹시라도 나중에 지영이가 결혼한다는 소식 들리면 날 대신해서 그 한복입고 결혼식에 참석해달라고...

그리고... 이 세상에 자식 이기는 부모 봤냐
고... 이 엄마는 진작에 맘 풀었으니 더 이상
맘고생 하지 말고 오래오래 행복하게 잘 살
기나 하라는 축복의 말 꼭 전해달라고...중략-

*

눈을 감기 전에 마지막으로 딸아이 식구들
이 살아가는 모습을 꼭 한번 보고 싶었다.
눈에 넣어도 아프지 않을 것만 같았던...
손으로 쥐면 어디 다칠까 두려웠고, 손을
놓으며 후-하고 어디론가 날아가 버릴 것만
같아서 늘 가슴 졸이며 고이고이 키웠던 하
나뿐인 내 딸 지영이...
그리고 이젠 존경받는 어엿한 목사님이 된
'사'자 들어간 대견한 내 사위..... 너무 예뻐서
깨물어주고 싶을 것만 같은 우리 강아지들...
그들이 너무 보고 싶어서 사위가 목사로
있는 교회를 어렵사리 찾아갔다.
그런데... 갑자기 현기증이 나면서... 눈앞이
캄캄해져서 그만... 중략-

*

이렇게 가는 것이구나! 우리네 인생이라는 것이... 가끔이나마 우리 딸 지영이... 1년에 한번만이라도 좋으니 어떻게 살고 있는지 소식이라도 들을 수 있는 곳으로 갔으면 좋겠는데... 누가 뭐래도 그곳이 내겐 천국일 테니까...

그리고 이 담에 다시 태어나면 그때도 또 다시 우리 지영이의 엄마가 되고 싶다.

그 앤 지금도 자기가 내 맘 아프게 하고, 속 썩였다고 생각하는 것 같은데... 난 그 애가 내 새끼여서 마냥 행복하고 감사했던 기억밖에 없으니까...

그럼 내 딸 지영아. 아프지 말고... 이 엄마 없다고 기죽지도 말고,.. 이 엄마 보고 싶다고 울지도 말고.. 오래오래 행복하게 잘 살기 바란다...

사랑했다... 정말 널 많이... 하나뿐인 내 딸아 지영아... 그럼 안녕... 안녕~

기적의 하나님을 만나보세요!

　미국 어느 직장에서 갑자기 퇴출된 사람이 있었습니다.

　직장에 출근해보니 아무런 설명도 없이 책상에 해고 통지서가 놓여 있었습니다. 속에서 분노가 치밀었습니다. 직장과 상관에 대한 복수심이 끓어올랐습니다. 끓어오르는 분노와 함께 자포자기한 나머지 그는 가출했습니다.

　한동안 방황을 하고 다니던 그가 돌아와 부인에게 말했습니다.

　"여보, 나는 죽고 싶소. 모든 노력을 다해봤지만 아무것도 되는 일이 없소."

　아내는 이런 남편을 향해 다음과 같이 말했습니다.

　"여보, 당신이 한 가지 시도해 보지 않은 것이 있어요. 당신은 당신이 처한 이 상황과 문제에 대해서 진지하게 기도해 보신 적이 없잖아요."

　이상하게 이 말이 그에게 큰 감동이 되어 다가왔습니다.

　"그래. 맞아. 나는 이 일에 대해 나 혼자만의 생각으로 해결하려고만 했지, 단 한 번도 기도해 본 적이 없지!"

그는 아내와 함께 기도하기 시작했습니다. 그러자 하나님이 그의 기도에 곧 응답해주셨습니다.

며칠 기도하는 동안 마음속에 있던 직장과 상사에 대한 미움과 복수의 감정이 다 사라졌습니다. 머릿속에서는 새로운 아이디어가 떠오르기 시작했습니다.

그는 자기 집을 담보로 은행 융자를 얻어 조그마한 건축업을 시작했습니다. 그렇게 잘 될 수가 없었습니다.

5년 만에 그는 작지만 자기 기업을 갖게 되었고, 하나 둘씩 호텔을 짓기 시작했습니다. 이것이 세계적인 체인이 된 홀리데이 인 호텔(Hollday in Hotel)이라고 합니다.

그리고 이 사람은 홀리데이 인 호텔의 창업자인 케몬스 윌슨이라고 합니다.

이번 주 저희교회 주보에 실린 내용입니다.

주변에 능력은 있으나 뜻하지 않은 이유 등으로 인해, 혹은 기회가 닿지 않아 좌절하거나 낙망하며 살아가는 분들을 많이 보았습니다.

그런 분들을 볼 때마다 그렇게 마음이 아프고 안타까울 수가 없었습니다.

교회가 나가지 않아도, 성경책을 읽지 않아도 괜찮습니다.

지금 내가 생각한 것보다 일이 잘 안 풀리고, 뭔지 모를 두려움과 어려움에 처해 있다면 하나님께 조용히 기도해보세요.

'나 정말 너무 힘들어서 죽을 것만 같은데... 한번만 살려달라고..'

분명, 하나님은 여러분의 기도를 들어 주실 것입니다.

그분은 기적의 하나님이시며, 여러분들을 그 누구보다도 사랑하시는 분이시기에...^^

다시 태어나도 사랑할 당신

인쇄일   2022년 9월 2일
발행일   2022년 9월 7일
저 자   최정재
발행처   뱅크북
신고번호   제2017-000055호
주 소   서울시 금천구 가산동 시흥대로 104다길 2
전 화   (02) 866-9410
팩 스   (02) 855-9411
이메일   san2315@naver.com